LA PETITE ZONE
AVEC DE LA LUMIÈRE

DU MÊME AUTEUR
AUX ÉDITIONS ZOÉ

Le chant de Shilo, 2022

Où la chanson va, 2023

SÉBASTIEN MÉNESTRIER

LA PETITE ZONE AVEC DE LA LUMIÈRE

ZOE

Le titre est un vers de Sandra Lillo.

CH-1225 Chêne-Bourg, Genève, 2025
www.editionszoe.ch
Maquette de couverture : Notter + Vigne
Illustration : © Kyle Thompson / Keystone / Agence Vu
ISBN 978-2-88907-480-8

Les Éditions Zoé bénéficient du soutien de
la République et Canton de Genève
et de l'Office fédéral de la culture.

à mon frère Laurent

Tu ne me vois pas alors je te
le dis

J'écris

Je suis dans la petite zone avec de
la lumière

Sandra Lillo

novembre 2018 – mars 2019

Novembre

Novembre dans la chambre jaune, il fait nuit. Je mange sur la table que j'ai remontée de la cuisine, j'ai allumé le chauffage électrique. Ça chauffe très vite avec une odeur de plastique brûlé, je l'éteins après pour la nuit. Je me couche en survêtement dans le lit étroit avec la couverture bleue et la grise par-dessus, au chaud. Mon cœur qui bat trop vite me réveille à cinq heures, j'ouvre les yeux et je dois me calmer. J'allume la lumière et lis un moment, j'essaie de me concentrer, j'y arrive. Après j'écoute les nouvelles du matin à la radio, je sors du lit dans le froid et m'habille vite, je descends au salon. C'est un désert ce salon, je le traverse sans rien regarder. Dans la cuisine je prends des pommes que je mets dans mon sac, je mange peu, je veux être léger. Quand j'écrirai je raconterai ça peut-être, ce que ça fait d'avoir un corps léger, ce que ça change. Coco me trouve trop maigre, elle pense que la maigreur lui va parce qu'elle a toujours été comme ça, qu'elle est vieille. Que moi je ne suis pas fait pour ça.

Je pars travailler à vélo, il fait encore nuit quand je sors du centre-ville par le pont blanc au-dessus de la rivière. Sur les terrains de sport en bas je vois des garçons s'entraîner aux barres fixes. Plus loin, dans le terrain vague près des bâtiments de l'armée, un chien s'arrête de jouer quand je passe près de lui. Il a de grandes pattes blanches, moi mon casque noir épais, on se regarde. Et puis on repart chacun de son côté, on s'oublie. Une fois dans le quartier, sur la voie piétonne, je croise ce garçon en fauteuil roulant poussé par son père, on se voit chaque matin. On hésite à se dire bonjour, je continue. J'arrive au boulot en avance, je fais couler le café pour les femmes de ménage en attendant Thomas. Thomas a huit ans, il est petit pour son âge, blond et je m'occupe de lui. Je suis assis à sa droite en classe quand il travaille, je sors avec lui dans les couloirs quand il n'en peut plus, je le serre contre moi quand il veut se tirer. Il est fort malgré son petit corps, ses jambes surtout. J'ai mis du temps à savoir m'y prendre avec lui, à le serrer à la taille avec un seul bras jusqu'à ce qu'il puisse se calmer. Thomas est rusé. Le matin il se fait déposer à l'école en taxi depuis son internat, je l'attends à la grille. Un jour où son chauffeur habituel est malade, il demande à son remplaçant de le déposer plus loin dans la rue. Dès que la voiture s'arrête il ouvre la portière et part en courant. Quand je le retrouve place Cassin on marche à distance un moment, puis je le rattrape sur le parking de la station essence. On est chacun d'un côté d'une Renault grise, il a une pierre à la main. Je lui demande de la poser, s'il te plaît. Il me regarde, il voudrait la poser. Et puis il la lance dans le pare-brise qui se fêle de partout à la fois. Il est content une seconde, il ne sait plus quoi faire ensuite. Alors c'est fini, il s'approche de moi, il se rend. Je laisse un mot au proprio de la Renault et je prends Thomas par la main, sa main chaude, un peu moite, il est toujours chaud. On rentre et on arrive dans la classe où il s'endort presque aussitôt, il est épuisé. Les autres enfants ne font pas de bruit pour ne pas le déranger, la maîtresse me fait signe qu'on peut le laisser dormir. Elle s'appelle Sandra, elle a une voix grave et je la vois toute la journée aller d'une table à l'autre, d'un enfant à l'autre. Parfois, je regarde le grand tilleul de la cour par la fenêtre, puis je reviens à ce qu'on fait. C'est étonnant l'école, on y résout des problèmes que personne ne se pose vraiment, on cherche des mots que personne ne veut trouver, pareil pour les calculs, tout est faux. Mais c'est un endroit vivant. Quand j'ai commencé en septembre je n'attendais rien de ce boulot, juste que ça me sorte de chez moi. Je voulais me lever le matin et savoir où aller, voir des gens, avoir à faire, m'endormir fatigué. J'en ai eu des boulots avant, rien qui ressemble à Thomas. J'ai vendu des vinyles d'occasion. Je faisais du café aux gens pendant qu'ils écoutaient les disques, qu'ils choisissaient, je les conseillais. Avec mes premières paies je me suis pris un appartement en ville, j'avais vingt-trois ans et je quittais enfin la maison, Coco. J'ai continué un moment à faire mon lit avant le petit-déjeuner comme elle me l'avait appris, et puis j'ai laissé tomber. Quand la boutique a fermé j'ai rencontré un marchand de pianos qui s'installait dans ma rue. Il m'a montré comment les pianos étaient faits, les cordes, les têtes d'étouffoirs, les marteaux. Il croyait en la mécanique allemande, les Schimmel, merde aux japonais. Il m'a embauché et j'ai aidé pour les livraisons. Je partais dans le camion avec les gars, on montait les pianos dans les escaliers avec nos sangles. Les journées au magasin étaient plus tranquilles, j'ai appris à jouer un peu avec les partitions qu'on vendait, la méthode rose. Je passais de la laque sur les pianos pour qu'ils soient toujours beaux, on en vendait quelques-uns. On faisait les bilans en fin d'année, on perdait de l'argent, on a tenu cinq ans avant que le patron ne soit ruiné. J'ai servi après dans des bars, j'ai vendu des chaussures de sport, j'ai été l'assistant d'un mec qui formait les gens à avoir foi en eux. En fait il ne leur apprenait rien, il leur piquait leur fric. J'ai mis des mois à comprendre que je déconnais et à me barrer, puis j'ai chômé jusqu'à m'occuper de Thomas.

Je dis que je travaille dans un quartier populaire, je n'ai pas de meilleurs mots. Je regarde les gens, les rues, les chemins, je m'y perds. Parfois je crois deux endroits très éloignés puis je me rends compte qu'ils se touchent presque. Je longe les grandes barres près de l'hôpital, je traverse le parc urbain d'où on voit la forêt où personne ne va. Et puis je croise des gens à l'Intermarché, je ne veux pas être seul la journée. Je marche dans les allées, je prends du chocolat noir, je me balade. Je regarde les poissons entiers derrière leur vitrine, le poissonnier, je regarde les livres à succès, pas terribles, les jouets. Je croise les élèves avec leur famille. Devant les caisses un soir je dis bonjour à Kamélia, la voisine de classe de Thomas, sa mère a deux gros packs d'eau que je lui propose de porter. On traverse la place Cassin jusqu'à l'immeuble des familles nombreuses. Comme l'ascenseur est en panne on monte au deuxième étage par l'escalier, j'ai les mains sciées par les packs d'eau. Elle ouvre la porte et je les pose dans l'entrée. Dans l'appartement long et étroit il y a des adolescentes, un vieil homme, des guirlandes de laine sur les murs blancs. On ne peut pas se rencontrer vraiment, on est trop différents. On se dit bonne soirée.

Le dix-huit novembre je prends le train pour Paris. J'y pense depuis un moment, que je vais retrouver Anouk, que ça va être bien. J'arrive gare de Lyon, je prends le pont d'Austerlitz, je remonte les quais sans me presser. Il fait beau et froid. Quand j'arrive dans l'appartement d'Anouk il y a plein de gens, c'est une grande fête, bruyante, ma sœur a quarante ans. C'est dingue qu'on ait cet âge-là. Il fait très chaud dans le salon, je mets mon manteau sur le lit de la chambre d'amis. Anouk est là, elle ne pensait pas que je viendrais, merci petit frère. J'ai trois ans de plus qu'elle mais tout le monde croit qu'Anouk est ma grande sœur, moi aussi, je la serre dans mes bras. Elle a un petit corps très fin, pas de fesse, pas de hanche, rien, mais pas fragile. Avec ses cheveux courts et sa mèche sur la joue c'est une jolie fille, joyeuse. Elle souffle ses bougies et embrasse Ana son amie, elle l'embrasse trop. Elle dit qu'elle est folle avec les filles, avec celle-là aussi. Qu'il faut qu'elle lui parle tout le temps, qu'elle la touche, qu'elle la réveille la nuit, l'appelle, qu'elle ne peut pas se calmer, qu'elle essaie. Que bientôt elle la perdra, qu'elle l'aura épuisée, qu'il faudra recommencer. Partout ailleurs Anouk s'en sort, je l'ai beaucoup admirée. Toute l'enfance, l'adolescence je lui ai couru après. Il y a peut-être une fois où elle m'a envié, une seule, quand j'ai eu Fanny et mon garçon et qu'on était beaux, que ça durait. C'est passé. Je regarde les gens dans son salon qui ont tous beaucoup de fric comme elle, ma sœur chirurgienne. La musique est pas mal et j'ai envie de danser, ça fait longtemps que je n'ai pas dansé. Je prends la main d'une fille qui a des bottes montantes, qui sent bon. On fait une danse, deux danses, elle me sourit, on se parle à l'oreille à cause du bruit. Mais je ne veux pas l'écouter. Je veux être au milieu des gens, danser, tout oublier. Je veux m'amuser. Je finis tard dans le lit de la chambre d'amis, fatigué, content. Au matin je retrouve Anouk dans le salon, on se fait couler un café et je lui dis que Coco est inquiète qu'elle ne vienne pas. On doit se retrouver tous les trois dans un mois, notre Noël avant l'heure, Anouk promet qu'elle viendra cette fois. « T'as plu à cette fille avec qui tu dansais hier, elle m'a parlé de toi, elle m'a demandé ce que tu faisais.

— Et t'as dit quoi ?

— J'ai dit que t'écrivais.

— Je ne m'y suis pas remis encore. Je vais le faire.

— T'aurais dû m'écrire un poème, c'était bien quand tu m'en faisais. Je les ai dans une boîte, dans la chambre. Tu te souviens, tu te mettais debout sur ton lit pour me les lire. C'était délicat, c'était courageux. » On range le salon, elle met le disque des Clash que je lui ai offert et elle imite ma façon de danser, un doigt en l'air. On se marre. Et puis elle m'accompagne à la gare à pied, le ciel est clair, on fume une dernière cigarette. Je l'embrasse vite fait et je monte dans le train. Elle me manque déjà.

Il n'y a qu'Anouk qui soit venue me voir à Saint-Louis, je n'ai appelé qu'elle. Je lui ai dit que j'étais dans une maison de repos, que j'avais déconné et que j'avais besoin qu'elle vienne. Il fallait aussi que je lui emprunte du fric pour payer mon séjour là-bas. Elle est venue le dix août, ça faisait trois semaines que j'y étais, elle a garé sa moto noire devant le centre. Elle a gardé son casque à la main, elle avait eu trop chaud, ses cheveux étaient collés par la sueur sur ses tempes. Elle ne pensait pas que ce serait si long de monter jusque-là. Saint-Louis est tout en haut de la colline, la route pour y arriver traverse des champs secs, il y a de grandes maisons. Il y a une chapelle aussi plus loin d'où on peut voir toute la ville, je n'y suis allé qu'une fois. J'ai emmené Anouk dans le parc, derrière le bâtiment principal du centre. On s'est assis sur un banc et elle a regardé le grillage autour de nous, elle m'a demandé si je pouvais sortir, comment ça se passait. Je sortais comme je voulais, il fallait juste que je remplisse le cahier à l'entrée et que je sois de retour pour le repas à dix-neuf heures. Elle m'a demandé ce qui s'était passé et je lui ai tout dit, mieux qu'au médecin avant elle. L'anxiété était montée pendant des jours, lentement, c'est toujours lent avec moi. Jusque-là j'avais réussi à me calmer tout seul, à occuper mon corps, ma tête, cette fois ça n'a pas marché. Ça a continué à monter, mon cœur battait trop fort, il me réveillait la nuit. Il m'empêchait d'entendre ce que les gens disaient. Il allait exploser. Le médecin de Saint-Louis m'a donné de quoi me calmer, la première semaine j'ai beaucoup dormi. Après j'ai marché chaque jour le long de la route qui descend en ville, il faisait très chaud. J'avais un bandana noir sur la tête et ma bouteille d'eau à la main, c'était mon rituel. Sur le téléphone d'Anouk on a regardé les animaux aux cœurs qui battent vite comme le mien, ce sont les musaraignes les championnes, deux cents battements par minute. J'étais une foutue musaraigne. J'avais pensé être un tigre plutôt mais c'était con, les grands animaux ont le cœur lent. J'ai dit à Anouk que ça me rassurait qu'il y ait Saint-Louis, qu'il y ait un endroit où je pouvais me calmer s'il le fallait, elle m'a demandé pourquoi c'était arrivé. Les derniers mois avaient été trop longs, sans boulot, sans Fanny, sans Nino presque, sans écrire. Je m'étais mis à l'écart, j'avais eu tout faux. Et c'était encore être à l'écart, Saint-Louis, mais bientôt je sortirais. Une fois une fille rousse m'a dit qu'elle voulait rester au centre encore longtemps, qu'elle ne voulait pas retourner dans la plaine, trop d'ennuis là-bas. J'ai souri du mot *plaine* parce que ça sonnait far west, ça me rappelait les chevaux d'un livre de Cormac McCarthy que j'avais aimé. Mais je voyais bien de quoi elle parlait, pas seulement de retrouver la ville mais la vie de tous les jours, la vraie vie, s'y installer. Avec Anouk on a parlé de *Saint-Louis*, celui du Missouri et celui d'ici, qui faisait moins rêver quand même. Elle y avait pensé bien sûr quand je l'avais appelée, je suis à Saint-Louis. Elle est partie à cinq heures pour rentrer à Paris avant la nuit et j'ai quitté le centre dix jours plus tard. J'ai retrouvé mon appartement, cherché du boulot. J'ai passé un entretien avec la directrice de l'école qui m'a dit que je m'occuperais de Thomas.

Quand je retourne chez Coco, après l'anniversaire d'Anouk, les décorations de Noël sont accrochées en bas de l'immeuble, les guirlandes le long des murs. Il manque juste le renne qui clignote. On va dans son bureau où elle me demande si Anouk a bien dit qu'elle viendrait. Elle veut savoir comment elle était habillée, si elle s'est couchée tard, si elle s'est amusée. Après je prends des notes pendant qu'elle me lit son discours, le style n'est pas trop mauvais, deux ou trois tournures à retravailler. Je lui écris mes corrections, je ne devrais pas faire ça, jouer à son jeu de petite bourgeoise qui ne sait plus quoi faire de son fric. Coco devient présidente d'un club de riches qui donnent leur argent pour la bonne cause. Elle a tellement présidé, dirigé, elle a tellement gagné. Sur une photo en noir et blanc elle a dix ans, elle est à Marseille avec sa mère et sa sœur, leur famille est ruinée, elles survivent. Elle est déjà maigre. Elle se tient bien droite, les cheveux noirs attachés avec une mèche qui dépasse, elle grimace quand elle veut sourire. Sa sœur à côté d'elle, plus grande et plus simple, dessine les rues, le marché à la criée sur le port, elle fait des crèmes qu'elle essaie sur la peau de leur mère. Elle est dure leur mère, sur la photo elle tient ses filles par l'épaule.

Elle leur dit que rien ne pourra les arrêter, toutes les deux. Qu'il leur faudra de la grâce et de l'argent. Elles partent en région parisienne quand Coco a seize ans, Coco y apprend la dactylo et se fait embaucher par la banque Seligman. Elle gagne assez pour que sa sœur continue les Beaux-Arts, qu'elle prépare ses crèmes et ses onguents. Le plan est simple, sa sœur inventera, elle elle vendra. Les sœurs Mentzer. Elles s'en tireront, il n'y a qu'à travailler. Alors Coco travaille, elle est lancée, une bombe. Elle devient fondée de pouvoir et avec sa sœur elles sortent leur première fragrance, une huile de bain doublée d'un parfum. Coco l'appelle *Youth*, que les gens pensent que ça vient d'Amérique, elle la vend cher comme un produit de luxe. Et ça marche, trente mille bouteilles vendues la première année. Les femmes riches en mettent dans l'eau de leur bain, quelques gouttes derrière les oreilles, elles se sentent belles. Coco dit dans la presse que la beauté est le pouvoir, elle lance des soins de visage pour les femmes, pour les hommes, elle s'allie à la mode, au cinéma. Sa sœur invente et elle vend, pas un jour sans vendre, elles gagnent beaucoup d'argent. Dans leur appartement de Bastille sous les toits sa sœur chante et elle aussi, puis elle retourne au boulot. Elle sort dans les rues de Paris avec son ombrelle, la peau très blanche, les hommes d'affaires ont peur d'elle. Ils disent entre eux qu'elle est cruelle, ça lui plaît. Elle va dans les soirées mondaines trouver ceux qui comptent et leur parler, les convaincre qu'avec elle il y a beaucoup à gagner. Quand elle rentre tard le soir, sa sœur dessine sur la table du salon, Coco l'embrasse dans le cou. Elle pourrait les vendre aussi ses dessins, elle en tirerait un bon prix mais sa sœur dit non, ça suffit. Coco se met au lit et sa sœur vient la border. Quand elle meurt en trois mois d'une leucémie, Coco décide qu'elle n'aura plus de maison. Elle revend leur appartement et quitte Paris, vit des années dans des chambres d'hôtel. Elle rachète un journal et une maison d'édition, elle donne un million pour la restauration d'une synagogue de Budapest. Elle ne croit pas en Dieu, ellc fume énormément et a toujours son ombrelle. Quand elle quitte une ville, une chambre d'hôtel elle n'emporte rien, elle achète des habits là où elle arrive, reste un jour ou deux puis repart. Elle donne des ordres à ses conseillers, elle est seule, elle se convainc qu'elle l'a toujours été. Elle chante encore parfois, ça dure des années. Et puis elle fait deux enfants sans père et leur trouve une maison loin de Paris. Elle met des tableaux aux murs à nouveau, des livres sur des étagères. Elle nous regarde, Anouk et moi, comme si c'était un effort à chaque fois.

J'ai été étonné chaque jour qu'elle ne m'ignore pas, qu'elle me laisse être son enfant. Un claquement de ses doigts et j'aurais disparu, rien ne me distinguait. Je courais comme les autres après un ballon, j'étais un élève moyen avec un visage régulier, j'étais poli. Elle disait que je rêvais et ça m'a sauvé, les autres ont pensé que j'étais particulier, que je le cachais. Pour lui donner raison j'ai pris l'air de rêver. J'étais une plume et elle soufflait sur moi. Je volais, pas très haut, sans qu'on puisse me faire du mal, je voulais que ça dure. Coco, elle, était une vraie personne. Elle avait son ombrelle blanche, personne en province n'en avait. Elle fumait de longues cigarettes très fines, recrachait longtemps la fumée devant sa mèche noire qui dépassait. Elle était petite et nerveuse, elle affrontait les gens. Elle les assommait d'un mot, s'allumait une autre cigarette et je la suivais. Je guettais ce qu'elle disait sur les gens courageux, sur les rares qui l'étaient, que je sache quoi faire moi aussi le jour où j'aurais des forces. Quand elle travaillait dans son bureau je prenais parfois son ombrelle et j'allais avec dans le jardin, caché derrière notre cerisier. J'étais elle un moment, puis je revenais à la discipline. Que je ne prenne pas ma fourchette comme un fichu gaucher, que je me tienne droit, que je fasse mon lit chaque matin dès que je me levais. Qu'à huit heures trente je sois couché. Anouk faisait ces gestes elle aussi mais elle défiait Coco sans bruit, elle attendait son heure. Elle me disait dans sa chambre, tu la sens, sa froideur ? C'est vrai que Coco ne nous touchait pas, qu'elle ne posait pas sa main sur nos joues, et alors ? Et puis des moments échappaient à tout ça, il y avait le soir de l'Eurovision. Tous les trois sur la table du salon on préparait nos grilles avec le nom des pays, une colonne pour les notes qu'on mettrait. On écoutait les chansons sur le tapis devant la télé, on chantait les refrains dans des langues impossibles, on imitait les voix. À la fin on comptait nos points, on avait notre champion, il était minuit passé. Les nuits d'orage aussi échappaient à la discipline, on attendait avec Anouk que Coco se soit relevée, qu'on l'ait entendue descendre. Alors on pouvait y aller. On la rejoignait sur la véranda devant la maison, la petite lumière allumée. On s'asseyait sur la grande table à côté d'elle, on regardait la pluie tomber, les éclairs. Je tenais la main d'Anouk d'un côté, celle de Coco de l'autre, là je pouvais. Et puis au matin tout reprenait, chacun pour soi. Anouk loin devant, elle a embrassé des filles du collège avant moi, elle est partie de la maison à quinze ans. Elle a dormi dans un wagon désaffecté derrière la gare, elle n'est plus allée au lycée pendant des semaines, elle s'est débrouillée pour manger, pour se laver. Coco est allée la voir avec son ombrelle, elles ont négocié son retour à la maison, son retour au lycée. Elles se sont supportées encore deux ans jusqu'à ce qu'Anouk ait son appartement. Elles étaient pareilles, brillantes et sûres d'elles, et dures au combat.

Novembre encore et la mère de Kamélia me fait un gâteau aux pommes, pour me remercier de lui avoir porté ses packs d'eau. Elle amène sa fille à la grille de l'école chaque matin, elle fait des ménages en fin de journée et prend des cours de français. Elle veut lancer Kamélia comme Coco a été lancée par sa mère, une bombe, encore une. Que sa fille soit excellente, toujours, que rien ne la distraie, qu'elle soit portée par cette joie et seulement celle-là. Je regarde Kamélia et cette force est dingue, Thomas la regarde aussi. Il ne l'envie pas, elle est si loin, il retourne à ses stylos qu'il dévisse tout le temps. Un matin je rencontre sa mère pour la première fois, je cherche sur son visage ce qui l'a séparée de son garçon, ce qui l'empêche de s'en occuper. Elle est en face de moi pendant une réunion avec Sandra, avec la directrice et un éducateur, je l'appelle madame. Elle me fait penser à ma sœur, même âge, mêmes cheveux courts. Elle parle calmement, elle est sur ses gardes quand elle écoute, un peu triste mais pas tant. Plutôt jolie. Je regarde ses yeux, son visage entier. Pas de faille, rien. Ça ne se voit pas. On me demande de lui raconter le matin où j'ai couru après Thomas dans le quartier, notre retour main dans la main. Elle me dit merci, je ne m'attendais pas à être remercié.

Et puis un soir Nino m'appelle. Mon garçon a les cheveux blonds et il aime les ruisseaux. Il parle la nuit dans son sommeil, on a les mêmes yeux marron. Il a dix ans et on ne s'est pas vus depuis un moment. Je le sens près de moi quand je rentre le soir le long de la rivière, la nuit presque tombée. Il est né un deux février. La sage-femme l'a étendu sur Fanny et j'étais juste à côté dans ma blouse bleue, on était d'attaque tous les trois. Je lui ai mis son bonnet, j'ai fait attention à ses oreilles, et puis je l'ai pris dans mes bras, je l'ai emmené dans le couloir de l'hôpital. Comme on était tranquilles, ma main énorme sous sa nuque. L'infirmière nous a couru après pour qu'on revienne dans la chambre, on n'avait pas le droit de s'en aller, on est revenus. On avait tout le temps, des jours entiers. Ces dernières semaines on s'est écrit souvent, on se raconte nos journées. Il me fait une phrase ou deux de son écriture brouillonne de gaucher, il écrit trop vite. Prends le temps, fils, prends le temps. J'ai appris à écrire sans me presser, tu peux aussi. Et puis sa voix dans le téléphone, c'est lui qui appelle cette fois, salut, ça va ? Tu fais quoi ? Je raconte ce qui me vient, que Sandra m'a proposé de lire des histoires aux enfants, que j'ai accepté. Que ça me prend un temps fou à la maison de choisir les albums, de changer d'avis. Je me les lis à voix haute en marchant pour m'entraîner. Et puis je me lance, l'histoire du soir. Les vingt gosses me regardent et m'écoutent, pas un bruit. Je leur lis Astérion, Atalante, ils m'en parlent après dans les couloirs. Merci. Ça fait passer novembre plus vite, on va bientôt se retrouver. Et toi, qu'est-ce que tu fais ? Il me raconte sa virée dans la forêt, les jeux avec sa troupe de scouts, on finit par raccrocher. On a bien parlé, je suis soulagé. C'est la nuit dehors, ça y est. Le soir le danger est enfoui, il ne mord pas comme la journée, c'est la règle. Alors je fume comme tous les soirs avant de me coucher, cher poison brun priez pour moi. Je le mélange au tabac à la fenêtre du salon, le quartier tout en bas. Le poison rend mon corps plein, rien n'est plein sans lui. Ni la joie, ni rien de bon, il me rend plus grand. Il est une montagne, une promesse qui me tient toute la journée, un génie qui sait quel est mon souhait. Enfin novembre est passé. Décembre est là et j'écris *Les chats.*

Les chats

C'étaient les vieux, les gros chats que Naël préférait. Le poil dru, les pattes larges, les rois du salon. D'autres dormaient sur son lit, à ses pieds, le réveillaient la nuit. Certains ne se laissaient jamais toucher. Sa maison était habitée, ça n'avait pas de prix. Bien sûr il y avait la pisse de chat, son odeur aigre jusque dans son sac s'il oubliait de le fermer. Il y mettait du parfum pour la cacher. Le mélange des deux odeurs ne ressemblait à rien de connu, c'était fort quand on était très près, mais dès qu'on s'éloignait on ne sentait plus rien. Des garçons avaient dû le remarquer au collège, c'était sûr, mais personne n'avait rien dit, il n'avait pas ce genre d'ennui. Il était calme, ses gestes, sa voix, les autres le laissaient tranquille. Comme son père qu'il admirait. Son père était cuisinier, il aidait à préparer les repas pour les cantines, ce n'était pas ce qu'il aurait voulu mais il le faisait. C'était un très bon cuisinier.

Le nouvel éducateur a frappé à la porte de leur appartement, il s'est assis à la table du salon qu'ils avaient débarrassée. Il était jeune, la barbe épaisse avec des trous par endroits, les doigts jaunis par les cigarettes. « Combien vous en avez, chez vous, des chats ? » a-t-il demandé. Que répondre à ça ? Ils n'avaient pas de chat, un chat n'est à personne. Et puis, lesquels compter ? Ceux qui dormaient à la maison ? Ceux qui passaient chaque jour ? Ceux qui venaient parfois, n'avaient pas de nom ? On pouvait dire dix, ou vingt, ou trente. On pouvait dire beaucoup. On pouvait raconter comment la maison s'était peuplée, semaine après semaine, le petit miracle que c'était. L'éducateur s'est raclé la gorge, il ne faudrait plus de chat du tout. C'était trop sale pour un garçon, un appartement comme ça. « On vous a prévenu je crois de ce qui pourrait arriver, que vous pourriez être séparés ? »

Ensuite Naël est sorti, il a marché jusqu'au parvis de l'Intermarché mais son ami Adam n'y était pas. Il l'a appelé, lui a raconté pour l'éducateur. « Si on n'était pas pauvres, a dit Adam, tu crois qu'ils se permettraient ?

— On n'est pas pauvres. On n'est pas riches comme les gens derrière le parc urbain, ceux des maisons avec leurs jardins, mais on n'est pas pauvres. On ne se prive de rien. Non, ce qu'ils ne comprennent pas, c'est que pour nous ça va, qu'on n'a pas besoin d'eux. Qu'ils aillent dans les maisons où les gens ne s'entendent pas, ne se parlent plus, pas chez nous où il y a de la joie. Et plein de chats. »

Au matin son père a récupéré une planche de bois chez les voisins, il l'a posée par terre dans le salon. Il a sorti ses outils. Il faudrait condamner la chatière de la porte d'entrée bientôt. Il a tracé au crayon un grand carré dans la planche de bois, à main levée, ils se sont relayés pour scier. Ils ont eu mal au bras. Quand ils ont eu fini ils ont posé leur carré de bois sur la chatière, ont vérifié que la taille était bonne. Elle l'était. Le père a reposé le carré de bois dans un coin du salon, c'était assez pour cette fois. Il a serré Naël contre lui, son garçon faisait presque sa taille. Bientôt ce ne serait plus pareil, il serait trop grand.

Les jours suivants Naël a attendu. Il ne savait pas bien ce qui devait se passer, jusqu'où ils devaient aller. Après les cours il rentrait vite chez lui, les chats étaient toujours là. Il faisait beau tout le temps, il faisait trop chaud, on était en juin. Il se mettait torse nu. Son père rentrait après lui. La planche de bois qu'ils avaient sciée était toujours posée au salon, au même endroit, ils n'en parlaient pas. Les chats passaient derrière en s'y frottant. Naël changeait leurs litières et leur donnait à manger, il surveillait son père, le geste qui dirait que ça allait commencer. Un soir il a ramassé un oiseau que les chats avaient tué dans la rue, devant la fenêtre de sa chambre. Ça ne lui a rien fait, le sang gluant, presque rien. Il n'aimait pas les bêtes, toutes les bêtes, il aimait les chats. Quand Baba, leur toute première, avait accouché de trois chatons mort-nés aux corps allongés, têtes énormes, qu'elle avait failli mourir, il avait tremblé. Son père aussi tremblait. Il avait pris Baba dans ses bras, du liquide blanc presque transparent sur sa peau. Ils l'avaient emmenée en voiture, elle avait été opérée, soignée. Ça avait coûté beaucoup d'argent.

Il s'est passé une semaine encore avec les nuits trop chaudes, Naël écoutait les chats au salon en attendant le petit matin. Et puis c'est arrivé, son père l'a appelé. Ils ont traversé le quartier avec les chats, leurs litières dans les bras, leurs corbeilles. Plusieurs voyages. Ils ont donné les plus jeunes d'abord, on leur a offert du thé. L'après-midi ils ont donné Baba à la vieille femme qui habite au bord du parc urbain, elle n'était pas si vieille en fait, un peu folle. Elle leur a offert des gâteaux à tremper dans du lait, leur a parlé de son vieux chien à ses pieds, qui pouvait à peine se lever et n'avait jamais aboyé sur un chat. Le garçon l'a regardée, elle s'occuperait bien de Baba. Ils ont donné Chameau ensuite, puis Terrible, on leur a offert des biscuits. Ils n'avaient plus faim. C'était une belle journée quand même, ils n'étaient pas seuls. Quand ils sont rentrés à l'appartement ils ont cloué la planche de bois sur la chatière et le père a emmené les derniers chats dans sa voiture, il n'avait pas trouvé d'endroits pour eux, ils changeaient de quartier. Naël s'est allongé sur son lit, à plat ventre, torse nu, il faisait toujours aussi chaud. Il a attendu que les chats viennent gratter à sa fenêtre. Revenez, ou mon enfance est terminée. Aucun n'est venu gratter. Quand son père est rentré à l'appartement il s'est levé pour le retrouver, le grand ménage a commencé. Dans le salon son père a frotté par terre, à genoux, serpillière à la main, torse nu lui aussi. Naël a pris une autre serpillière et il a frotté plus loin. Leur maison était morte et ils la lavaient, dehors il faisait nuit. Ils se sont occupés de la salle de bains ensuite, ont poussé la machine à laver. Ils se sont occupés des chambres. Ils ont frotté sans s'arrêter, tant qu'ils avaient à faire ça irait. Et puis le jour est venu, jaune pâle à travers les carreaux. Il était six heures et ils avaient terminé. C'était si propre, à peine s'ils osaient marcher. L'éducateur serait satisfait, il les oublierait. Ils sont sortis s'acheter des croissants à la boulangerie qui venait d'ouvrir, ils les ont trempés dans leur café au bar de la place. Première fois qu'ils faisaient ça, il y avait des hommes au comptoir.

« À quelle heure tu sors du collège ?

— À trois heures.

— Tu feras une sieste.

— Il fait trop chaud pour dormir, papa. »

Décembre

J'ai écrit pour moi d'abord, puis pour Anouk, qu'elle me voie. J'avais seize ans allongé sur mon lit et j'écoutais les chansons de Djian. Il parlait des garçons de mon âge, disait que l'attente les rendait nerveux. Moi aussi je devenais nerveux, c'était bon signe, je changeais. Je racontais dans un cahier les gens du lycée, les fêtes, les cigarettes, l'ennui, à quoi je pensais quand je marchais. Je marchais beaucoup. Quand je lisais mes poèmes à Anouk, debout sur mon lit, elle me regardait autrement, j'osais. Je n'étais plus une plume sur laquelle on soufflait. Je signais Barm en bas de chaque page, pour Bastien Aristide Renée Mentzer. Ça a duré quatre ans les poèmes, jusqu'à ce qu'Anouk quitte la maison. Ensuite j'ai écrit des histoires qui se passaient dans le Montana, comme les livres de Brautigan que j'aimais. Fanny les lisait, elle voulait que je parle du monde devant nous aussi, comme dans mes poèmes, elle avait raison. Alors j'ai voulu écrire un livre, un vrai, sur les gens qu'on aimait elle et moi, sur nos rues, je me suis perdu. J'ai essayé des mois, j'ai travaillé, barré, recommencé, j'ai échoué. Après je n'ai plus écrit, j'ai oublié. Parfois je me disais, quand j'écrirai de nouveau je raconterai ça. Et puis j'oubliais. Plus j'attendais plus c'était dur d'y retourner, après des mois, laisse tomber. Alors j'ai lu comme un fou pendant des années, je n'attendais plus. C'est à Saint-Louis que c'est revenu, à la fin de Saint-Louis. J'avais fait des ateliers de dessin là-bas pour voir des gens, parler un peu. Je savais qu'il y avait un atelier d'écriture, je ne voulais surtout pas y aller. Ne pas écrire pour passer le temps, m'occuper. Et puis quand même une après-midi je suis entré dans la salle commune, il fallait que j'essaie. L'écriture m'avait calmé avant. On a été six assis en rond, à écouter une poétesse âgée qui parlait d'écrire comme d'un jeu. Elle voulait qu'on s'assoie devant un arbre du parc et qu'on invente son histoire. J'ai choisi le marronnier qui nous faisait de l'ombre tout au fond, je suis allé le regarder et j'ai écrit trois phrases banales, horribles. Je suis parti du centre en courant, je n'avais pas couru encore à Saint-Louis, j'ai oublié de signer le cahier à l'entrée. Je n'avais plus rien, même plus la pensée qu'un jour de nouveau j'écrirais, j'allais crever. Mais ça n'est pas arrivé. Je suis rentré le soir après l'heure du repas et je me suis couché sans manger. Je me suis réveillé à deux heures du matin avec cette phrase dans la tête, *j'ai grandi si lentement.* Je me suis relevé pour la noter puis j'ai écrit plusieurs lignes, j'ai été ce foutu marronnier. J'ai dormi ensuite comme jamais, quatre heures sans me réveiller, sans cachet, j'avais écrit. Je n'ai pas relu, ça valait ce que ça valait mais j'avais écrit. J'allais écrire encore, m'en tirer, j'avais juste à attendre le bon moment, la bonne histoire. C'est venu devant l'Intermarché du quartier, ce garçon au téléphone qui parlait des chats que son père et lui devaient donner. Je l'avais mon histoire, c'était parti. On est décembre et j'écris chaque matin dans la chambre jaune, j'écris debout de peur de ne pas y arriver, je mets le radiateur sur trois. Il est six heures du matin, c'est la nuit dehors, j'écris une phrase puis je fais le tour de la chambre avant d'y retourner, ça m'aide de bouger. J'ai mon survêtement gris et j'écris, sans savoir si j'ai le droit. Je suis ce garçon avec ses chats, son père, je veux savoir. J'écris dix lignes et c'est assez, je mange une orange. Je range mon cahier dans ma table de nuit et j'attends la suite, demain. Je pars travailler sur mon vélo et pour une heure au moins je suis tendu comme un arc.

Décembre c'est la rue aussi, les manifs dans tout le pays. À cause d'une taxe sur l'essence d'abord, mais c'est plus large très vite, c'est l'école et l'hôpital détruits, les accapareurs qui prennent toujours plus. Je sors cette fois, je marche avec les gens, leurs visages, leurs corps sous le crachin, leurs voix. On est des centaines. Je vois les flics en face qui ont peur, qui ne sont pas assez, je vois cette fille s'asseoir devant eux. Ses cheveux teints sont trop noirs pour sa peau blanche, elle a des bagues à chaque doigt. Elle est par terre dos aux flics, bras levés pour dire du calme, ça va. Mais ça ne va pas. Les flics ne sont pas assez, on est trop, on pousse. Un flic panique et met deux coups de pied à la fille qui tombe sur le côté, sa tête cogne par terre. Il lui remet un coup dans les jambes. Moi je ne bouge pas, j'ai grandi chez Coco, dans le quartier où rien n'arrive jamais, je ne sais pas quoi faire. La fille se relève et va plus loin, elle a du mal à marcher. Je m'approche avec d'autres et je n'ose pas lui parler. Je la perds de vue quand les renforts arrivent et que les flics nous chargent. Je cours, je rentre plus tard à la maison le manteau plein de lacrymo. Je me change en entier, pull, tee-shirt, pantalon. Je m'allonge sur mon lit et je repense à cette fille. J'aurais dû lui parler, au moins savoir son nom.

La rue continue chaque samedi, dans le froid, les gens sont de plus en plus nombreux. On est un grand corps qui se rassemble, les visages me sont familiers à force. En face, contre nous, je vois la puissance déployée par ceux qui veulent garder leur fric, leurs intérêts, ce qu'ils peuvent nous envoyer. Dans la nuit les lacrymos sont des lucioles énormes qui tombent du ciel sur cent mètres, deux cents mètres. Je marche à reculons et je les regarde pour les éviter, je ne savais pas tout ça. Je ne savais pas non plus l'intensité, quand ça va vite et que c'est risqué, comme on a envie d'y retourner. C'est étrange les rues juste après, quand c'est fini. Le calme. Je revois dans ma tête ce qu'on a fait, les gens, je suis moins dans la merde que beaucoup d'entre eux. J'ai un salaire minable, OK, un tout petit boulot. Mais j'ai Coco et son fric si un jour j'étais mal vraiment. Je rentre à la maison et je me mets au lit pour me réchauffer, le radiateur sur cinq. À la télé je vois Dettinger, le boxeur qui a frappé à mains nues un flic surarmé, surprotégé sur un pont parisien. Ce mec nous a défendus et il va le payer. Il se cache deux jours à la campagne puis il se rend, ce n'est pas un casse-cou. Je lui écris une lettre trop longue où je lui dis que je ne comprends pas. On est du bon côté, on devrait être portés, non, tout le temps ? En face ils devraient se sentir cons, pas vrai ? Mais s'ils s'en foutent d'être les salauds, complètement ? Et nous si on est du bon côté, pourquoi on merde autant ? Pourquoi le poison, pourquoi j'ai perdu mon garçon ? Tout ce qui était bon vraiment. C'est confus ce que j'écris. Je laisse la lettre une journée dans la poche de mon manteau, elle finit froissée. Je ne peux pas envoyer ça, trop mal foutue, je ne peux pas la garder non plus. Je l'envoie. Je fais ce rêve où on frappe à ma porte, c'est Dettinger. Putain c'est lui, il fait la gueule. Il a ma lettre à la main, c'est toi qui as écrit ça ? J'ai peur qu'il me colle un pain, il me prend dans ses bras.

Avec Coco on va sur le parking près de la voie ferrée acheter un sapin, on l'a toujours fait. La neige a fondu là où tout le monde marche, elle tient encore autour, il fait déjà nuit. Les vendeurs ont tiré des câbles pour nous éclairer. Ils vendent leurs sapins chacun dans leur coin, ils fument en attendant qu'on s'approche. Petit, ils m'impressionnaient, mal rasés, leurs liasses de billets pour rendre la monnaie, je sentais le sale coup. Je m'accrochais au bras de Coco et j'aimais ça. On fait un premier tour dans l'allée, je lui montre un sapin qui me paraît pas mal. Elle le trouve fragile. « Et lui ? je lui dis.

— Pas assez de branches.

— Lui alors ?

— Celui-là il est beau. Mais il faut qu'il plaise à ta sœur, elle aime plutôt les grands, non ?

— Tu veux un grand ?

— Oui.

— Alors on va voir les grands. » On trouve celui qu'il nous faut pour trente-cinq euros, c'est le plus haut qu'on ait jamais pris. Arrivé dans l'immeuble j'ai du mal à le faire passer dans l'escalier, je mets des aiguilles partout. Je l'installe dans le salon où il touche le plafond, merde. Je monte sur une chaise pour couper ce qui dépasse au cutter, je m'y reprends à plusieurs fois. Quand je redescends, Coco a sorti les cartons de décoration. « Ta sœur voudra s'occuper du sapin avec nous, mais on ne peut pas le laisser comme ça, qu'elle arrive et que rien ne soit prêt. Comme si on n'avait rien préparé, qu'on s'en foutait. On installe les guirlandes, la moitié des boules et on finira avec elle, OK?

— OK. » Quand on a terminé, Coco se met à genoux pour mettre des papillotes sous le sapin, « tu fais quoi ?

— Je mets des papillotes.

— On n'a jamais fait ça.

— Ben non, c'est une grande première. Je mets des papillotes par terre. Pour faire joli. »

Un matin Thomas arrive de nouveau à se barrer, depuis la cour cette fois. Il monte sur la grille, il déchire son manteau et retombe de l'autre côté. Il se relève et court droit vers le boulevard. Il ne se retourne pas pour voir si je suis là, il s'en fout, première fois qu'il s'en fout. Il court sur le trottoir gelé et je tombe derrière lui, je me relève et je crie son nom, attends. Attends avec ton malheur à la con. Il continue et traverse le boulevard, les voitures freinent devant lui. Il remonte vers Rosemont où les rues sont plus étroites. Il marche maintenant, vite mais il marche. Il passe devant les terrains de l'armée, il est cinquante mètres devant moi, il tourne à gauche devant le stade. Il prend des petites rues, je suis à vingt mètres, dix. Il sonne à l'interphone d'un immeuble et je m'arrête. Une voix lui dit d'attendre là, il se mouche. Sa mère arrive et il se serre contre elle. Elle a une veste noire, un pantalon en cuir, elle est classe. Il lui dit, « tu vois que je peux.

— Que tu peux quoi ?

— Que je peux te retrouver, si tu en as besoin.

— Ton manteau est abîmé.

— Je sais, désolé.

— Je le recoudrai.

— Quand ?

— Bientôt. J'ai un rendez-vous maintenant, je dois partir. Tu vas rentrer, OK ? » Elle vient vers moi et me serre la main, elle me demande si ça va aller. Je regarde son visage encore, pas de faille, c'est dingue qu'on ne voie rien. Je dis oui, ça va aller, elle embrasse son fils et s'en va. On la regarde partir avec ses talons qui claquent. Je prends la main chaude de Thomas et on rentre. « Ne me refais pas un coup comme ça, OK ?

— OK.

— Ça va ?

— Ouais. » Le vendredi suivant il embrasse Kamélia. Elle est debout devant le tableau, elle vient de lire un poème qu'elle a trouvé et recopié. Il y a un arbre dans ce poème, et un secret. Alors Thomas se lève, il vient vers elle. Ce n'est même pas vraiment un baiser, il pose son visage sur sa joue. Il a aimé le poème. Et puis c'est la fête de Noël sous le préau, les parents sont là, Sandra fait chanter les enfants. Thomas chante Montand, *À bicyclette*. Il mange les trois crêpes que je lui ai préparées et quand on se quitte tous il se remet à neiger.

Le lendemain je suis chez Coco, on attend ma sœur, c'est notre Noël. Coco regarde dans le miroir de l'entrée le papillon de couleur accroché à sa veste. « Même avec ça j'ai l'air sévère. C'est pire, non ? Il vaut mieux que je l'enlève ?

— Garde-le, c'est bien.

— T'es sûr ? On va boire du vin. Apporte-nous une bouteille, tu veux ? » Je nous sers au salon. « Je voudrais qu'on s'amuse quand ta sœur sera là, on pourrait danser.

— On ne va pas danser, maman. On est trois. » On fume sur la terrasse, on regarde le renne qui clignote tout en bas. « Ils l'ont remis, quand même.

— Pas de Noël sans lui. Elle a déjà une heure de retard, elle veut que je m'inquiète. T'es inquiet ?

— Non.

— T'as raison, on ne va pas s'inquiéter. On va se saouler.

— T'es jamais saoule, maman. » J'écrase ma cigarette et mon téléphone sonne. Anouk est devant chez moi, elle m'attend.

Je redescends à vélo jusqu'à mon appartement, le froid me fait du bien. Quand j'arrive Anouk est devant le portail du bas, elle a son bonnet rouge, sa mèche de cheveux noirs qui dépasse. « Offre-moi un café, petit frère, s'il te plaît. » On monte, personne n'est entré chez moi depuis un moment. Dans le salon il y a deux casseroles par terre, des piles de papiers, mes cendriers. On va dans la chambre jaune et je mets le radiateur sur cinq. « Tu dors dans la chambre de Nino ?

— Ouais.

— C'est bien ?

— C'est facile à chauffer.

— T'as une maison de zombie.

— Je sais.

— T'écris dans ce cahier ?

— Je m'y suis remis, j'ai écrit une histoire.

— Elle parle de quoi ?

— D'un père et de son fils, et de leurs chats. C'est sur le quartier où je travaille, aussi sur moi.

— Tu vas continuer ?

— Ouais. Je te fais ton café. » Je descends à la cuisine préparer les deux bols, les sucres, je prends des gâteaux qui me restaient. Quand je remonte, Anouk est assise sur mon lit, elle me dit qu'elle a vraiment essayé. En arrivant en ville elle a remonté le boulevard, elle est passée devant le haras. Elle avait mal au ventre mais pas trop. Elle s'est dit, respire ma vieille, ça va aller, respire. Mais une fois dans la rue de Coco son ventre lui a fait mal comme jamais, elle a eu peur de tomber de moto, elle a accéléré. Elle est descendue chez moi où elle m'a appelé, ça s'est calmé. Elle boit son café et me dit, « je sais que c'est moi qui déraille aussi. Qu'il y ait des choses qui me fassent encore si peur avec elle ! Et c'est dingue parce que des fois j'oublie, pendant des mois je m'en fous. Et ça revient. » Je lui dis qu'elle peut se reposer ici cette nuit, que je passerai la chercher demain. Qu'on ira chez Coco, pas longtemps, une heure. Je lui parle de Thomas, du carnet où je prends des notes sur lui, je le lui montre. Elle voudrait voir une photo mais je n'en ai pas. « Il a des taches de rousseur, et de longs cils assez beaux. Mais si tu le regardes juste un moment tu ne vois que ses yeux noirs.

— Il doit te regarder tout le temps.

— Non. Je ne sais pas ce qu'il voit. De moi, des autres, de ce qu'il y a autour, je ne sais pas.

— Et toi, qu'est-ce que tu vois ?

— Je vois ma sœur qui va nous laisser tomber, qui dans une heure va me dire qu'elle n'est pas fatiguée, qu'elle peut rentrer chez elle. C'est bien ça ? » J'ai raison. Une heure après elle m'embrasse, elle reprend sa moto noire, elle est partie. Je remonte sur mon vélo. Coco est assise dans son fauteuil quand j'arrive chez elle, elle me demande si je vais rester. « Je vais dormir dans le canapé. T'as mangé ?

— J'ai picoré, on mangera mieux demain. Tu sais, je crois que j'en ai assez de cette maison. D'avoir une maison, des choses à moi. Je voudrais repartir sans rien, comme après ma sœur.

— Comment c'était?

— D'abord ça a été compliqué parce que j'avais peur. Sans ma sœur j'avais peur de tout, de tous les endroits, même de m'asseoir. Alors j'ai couru, je suis partie. Je passais la nuit dans une chambre d'hôtel puis au matin je m'en allais, sans affaires. J'ai pensé que j'allais courir toujours et un soir tomber, je crois que ça m'allait. Et puis les mois sont passés et c'est devenu autre chose. J'ai été de plus en plus légère sur la route, sans rien, comme si je l'avais décidé. Je ne fuyais plus, je filais.

— Tu voyais des gens?

— Ils m'ont toujours craint les gens, mais ces mois-là ça a changé. J'allais dans des bars où le soir ils m'abordaient, des filles surtout. Elles comprenaient que je serais partie bientôt et elles me parlaient, elles me disaient tout. J'ai aimé ça. Je les écoutais et au matin je repartais.

— T'avais arrêté tes affaires?

— Non. La journée je donnais mes ordres à mes lieutenants pour qu'on continue à vendre, à gagner. Une fois les ordres donnés je les oubliais, je n'avais plus rien, je marchais. J'étais comme coupée en deux, c'était parfait. »Quand elle va se coucher je sors le poison et je fume sur la terrasse, ça me brûle. Le renne clignote encore tout en bas.

Rentré chez moi je fais mon sac. Je mets le sweat noir qu'Anouk m'a offert, il me plaît, je le mettrai tous les jours. Je sors de sous mon lit les cadeaux à emballer, je garde le collier dans ma main. Il est blanc, fin, avec un tout petit éléphant. Je ne sais pas s'il est beau, il est simple en tout cas. Je prends le grand carton aussi dans la chambre bleue et je mets de quoi fumer dans une boîte au fond de mon sac. Si je me fais choper avec, si ça m'empêche d'arriver à l'heure, j'aurai vraiment l'air con. Je prends le train sous un ciel très blanc, je mâchonne les lanières de mon sweat. J'ai deux heures de car après, je regarde les montagnes la gorge sèche, j'aurais dû prendre de l'eau. Quand j'arrive Fanny m'embrasse sur la joue, Nino s'est coupé les cheveux, à peine. Je mets mes affaires dans le coffre de la voiture puis on roule, on se parle, on est assez tranquilles en fait. Fanny me dit que j'ai maigri, je regarde son cou. Je pense au collier. À l'arrière Nino me pose des questions pour deviner ce qu'il y a dans le grand carton. Quand on arrive au hameau il m'emmène au ruisseau, il me montre ses barrages. On remonte nos manches pour consolider le dernier qu'il a fait. Je me réhabitue à être près de lui, à être présent, il me montre comment il descend la pente du bout du hameau sur son vélo. J'ai peur, un peu, je ne voudrais pas qu'il tombe le jour où je suis là, où c'est moi qui le surveille. Il fait nuit quand on rentre. Leur maison est en pierre, leurs deux lits presque collés dans leur chambre. Fanny a fait des guirlandes de couleurs qu'elle a accrochées aux murs, c'est vraiment chez eux. Je les embrasse l'un après l'autre et je me couche dans le lit de la chambre d'amis où je dors mal. Au matin on part dans la montagne, il fait très beau. Nino me prend la main sur le chemin. On chante nos chansons d'avant, tous les trois, sans savoir si c'est bien, on mange sur les crêtes devant la vallée. Fanny me dit qu'elle est contente, qu'elle s'est remise à danser.

Le père de Fanny est ouvrier, sa mère fait des ménages, elle a eu une bourse pour faire médecine. Elle est en cinquième année quand on se rencontre. Je devrais avoir peur, une fille aussi jolie qui sait quoi faire de sa vie mais ça va, elle me fait écouter *Blackbird*. *Blackbird* c'est les Beatles, une guitare, une voix, la meilleure chanson du monde. Alors il faut que je reste près de Fanny. Elle me fait lire Steinbeck, elle peut danser et tout oublier, elle me montre. J'apprends les pas mais si j'arrête de compter je suis mort. Elle devient médecin de quartier et j'aime comme elle parle aux gens, elle les connaît. Elle est dans la vie, quand moi je suis plutôt sur le côté. Ses pensées sont des flèches et j'aime ses épaules, sa voix grave, sa façon de tomber de sommeil, elle tombe vraiment. J'aime qu'elle perde ses clés, ses papiers, qu'elle s'en foute des objets. J'aime les guerres qu'on se fait, qu'on se blesse et qu'on se retrouve, qu'on aille vite. J'aime qu'on ait un garçon sans devenir vieux, qu'il y ait de la joie. Et puis nos guerres s'emballent, je ne comprends plus rien, on a trop de colère. On perd de la vitesse, on perd tout, on ne peut plus se parler. On se tue et elle part avec Nino.

On s'offre les cadeaux au petit matin. C'est un Noël sans sapin, sans neige, je lui donne le collier. Elle me dit qu'il est beau et qu'elle ne peut pas le mettre, que c'est trop tôt. Elle le repose sur la table et elle m'offre un livre sur l'histoire du rock, cent pochettes de vinyles qu'on regarde ensemble, il y en a plein qu'on ne connaît pas. On se dit celles qu'on aurait choisies si on avait écrit le bouquin, on trouve scandaleux qu'ils n'aient pas mis le dernier Bowie. Après Nino sort son arc du grand carton, il va accrocher la cible à un arbre près du ruisseau. Il tire d'assez près puis se recule chaque fois qu'il y arrive, avec Fanny on se met à vingt pas. J'atteins le mille le premier et je fais une danse sioux pour célébrer. Après on rentre à la maison, on boit des chocolats chauds, on regarde un film. On est séparés. La nuit est trop longue dans mon lit de la chambre d'amis et je pars au matin. J'écris dans le train la première phrase du *Paradis*.

Le paradis

On a roulé pendant six heures, fenêtres ouvertes, il faisait déjà chaud. On s'est garés en ville près de la mer. J'ai enlevé mon jean dans la voiture, Samy est sorti le temps que je me change. Je l'ai retrouvé après sur le trottoir, je l'ai embrassé du bout de la langue. On s'est acheté deux Oranginas dans la rue et puis on a descendu les escaliers, on s'est retrouvés sur le sable, la mer devant nous. C'était tellement facile pour une fois, on nous laissait tranquilles. Il y avait des gens sur la plage, pas beaucoup, des vieux surtout. Ils lisaient, somnolaient sous des parasols. Le soleil était haut. J'ai enlevé ma chemise, j'étais en maillot noir une pièce, Samy a dit qu'il m'attendrait. Il s'est assis dans le sable et s'est allumé une cigarette. J'ai détaché mes cheveux et j'ai marché, je suis entrée dans l'eau froide. Je me suis mouillé la nuque tout en avançant. Je n'ai pas eu froid longtemps, j'ai nagé, je me suis laissé porter. Je n'ai plus pensé à rien, enfin rien de précis. J'étais bien. Le paradis doit ressembler à ça. Je ne crois pas qu'on y voie le visage des gens, que j'y reverrai maman. Je crois qu'on y est porté par le courant, enveloppé dans la chaleur des personnes qu'on a aimées. Quand je me suis retournée j'étais loin de la plage. Le courant était contre moi, il faudrait nager longtemps pour revenir. Je me suis rapprochée du bord de mer pendant un moment, et puis soudain j'ai senti que je reculais, que j'étais emportée. J'ai fait des gestes plus rapides avec mes bras, j'ai fait n'importe quoi. J'ai voulu crier et j'ai bu la tasse trois fois. J'allais crever à vingt-six ans sous un ciel très bleu, à deux cents mètres de ce garçon qui m'attendait, que j'adorais et qui m'adorait. Quelle conne. J'ai pleuré. J'ai pleuré et puis j'ai ragé, j'ai ragé tellement que j'ai avancé, que mes pieds ont fini par toucher le sol. Je suis sortie de l'eau en rampant. Je suis restée allongée pour reprendre mon souffle, et quand j'ai pu je me suis relevée. J'ai vu Samy arriver au loin, ses cheveux noirs courts, il s'est approché. Il m'a tendu une glace qu'il m'avait achetée.

Je me suis rhabillée dans la voiture et puis on est allés voir l'appartement qu'on louait. Le ciel est devenu noir pendant qu'on marchait, il s'est mis à pleuvoir fort quand on est arrivés dans la cour. On a monté les escaliers en bois jusqu'au premier étage, on est entrés trempés dans l'appartement. La pluie s'est calmée une fois qu'on s'est couchés, nos habits enlevés. La chambre était petite, le matelas posé à même le sol. Tout y était rouge et orange, les murs, les draps, la lampe de chevet. Dehors il faisait noir comme en pleine nuit. On est restés longtemps sans bouger, mon ventre contre le sien, serrés, sans couverture sur nous. On nous laissait tranquilles, rien ne pressait. Et puis on s'est touchés et j'ai senti que je lâchais, que je ne serais plus sur mes gardes avec ce garçon, jamais. Je suis tombée dans ce tunnel rouge et orange et chaud et je n'ai pas eu à freiner. J'ai su qu'on faisait un enfant, que c'était maintenant. J'ai ramené Samy contre moi, encore, son torse, ses épaules saillantes. Ça a duré. Et puis ça s'est calmé, on a eu faim. J'ai ramené la couverture sur nous. J'ai appelé pour commander des pizzas. Dehors, le soleil couchant était jaune pâle. Quand le livreur a sonné à la porte Samy s'est levé, il est allé à la salle de bains et en est revenu avec un peignoir blanc. Première fois qu'il mettait un peignoir, on s'est marrés. Il y en avait un pour moi aussi que je suis allée chercher. On a mangé nos pizzas par terre à côté du lit dans nos peignoirs blancs, on ne sortirait pas. On a parlé de nos plans pour le lendemain. Déjà prendre un bain tous les deux dans la grande baignoire, avec le produit qui fait de la mousse. Et puis acheter des croissants à la boulangerie qu'on avait repérée en venant, se boire un café en terrasse. La grande vie, quoi.

On s'est touchés encore au petit matin, sous la couverture cette fois, et puis je suis allée à la fenêtre. J'ai regardé les flaques d'eau dans la cour, une fille blonde aux cheveux très longs qui passait. J'ai regardé l'appartement, notre bel endroit. Même en plein jour il était beau. Samy m'a appelée, il était dans la baignoire remplie à ras bord, de la mousse partout. Même sur le visage, les cheveux, partout. « T'as mis tout le produit ou quoi ? » Il avait tout mis. Il en rachèterait, promis. Je suis entrée dans l'eau en face de lui, ça a débordé. Nos jambes repliées se sont touchées. Et puis mon téléphone a sonné. J'ai regardé plus tard qui avait appelé, c'était la maison. Merde, il était tôt, neuf heures. J'étais partie la veille. Laissez-moi, les filles. Laissez-moi trois jours, OK. Ne tombez pas malades, ne vous faites pas larguer, s'il vous plaît. J'ai laissé mon téléphone sur la table de chevet. On est allés sur le front de mer boire notre café, manger nos croissants. On a essayé des lunettes de soleil juste pour voir. Il était onze heures quand on est rentrés à l'appartement, mes sœurs avaient appelé quatorze fois. Papa était tombé dans la cuisine, une ambulance était venue le chercher. Il ne s'était évanoui qu'un instant, une plaie sur le front, ils devaient l'examiner. Il fallait qu'on rentre. Putain. J'ai conduit, on a longé la mer puis on a pris l'autoroute. Au péage avec Samy on a eu la même pensée, « le produit qui fait de la mousse ». On n'en avait pas racheté.

Samy savait que j'avais couché avec plein de garçons à la mort de maman, je lui avais raconté.

Ma mère est morte un dix janvier, je suis retournée au lycée trois jours après. Les autres filles m'ont entourée et j'avais le droit de tout faire désormais, ça faisait peur. Ma peine était si large et blanche, un hiver, un bel hiver. Je suis allée chez ces garçons les fins d'après-midis, dans leurs chambres, je leur ai enlevé leurs habits. J'ai enlevé les miens, je me suis couchée sur eux. Je ne les embrassais pas, sauf un brun qui m'a plu vraiment, une fois. Ce n'était pas sale. Quand on avait fini j'étais vide pour de bon, ma tête, mon ventre. Je me rhabillais et leur disais salut. Dans la cour du lycée ensuite ils n'osaient plus me regarder. Rien d'autre ne me calmait, ni la peine de mes sœurs, ni les mots, ni la nuit. Je me regardais dans le miroir du hall de l'immeuble, ça me fascinait. Rien ne se voyait. J'étais une fille de seize ans comme les autres et j'avais mes lunettes depuis peu, ça me donnait l'air intello. Et c'était vrai, j'avais de bonnes notes qui n'ont pas baissé. J'étais coupée en deux. J'étais la lycéenne, les leçons sur le bout des doigts, j'étais la grande sœur qui fait à manger, qui remplit les papiers, qui s'occupe de l'argent. J'étais tout ce qui file droit, et puis j'étais folle.

Avec mes sœurs alors on a été une machine, chacune à son poste. Les factures, les devoirs, la vaisselle, le ménage, les poubelles, le rangement. Et puis il y avait Maddy, cet enfant qui ne verrait jamais sa mère et qui dormait dans ma chambre, à côté de mon lit. Notre petite sœur. Elle ne pleurait pas. La nuit parfois elle se retournait, elle soupirait, c'était tout. Elle avait déjà ses cheveux noirs, je m'accoudais à son berceau et je lui parlais. Une fois qu'on jouait par terre dans la chambre je me suis endormie, j'étais fatiguée. Quand je me suis réveillée elle était tout près de mon visage, elle caressait ma joue. Elle voulait me consoler. Personne ne me consolait, Maddy, même pas toi, tu étais un effort. Tout était un effort. Et au milieu de nous, de tout ce chagrin, mon père devenait quelqu'un. Il avait été fantôme jusque-là. Il parlait peu, faisait plus vieux que son âge, commençait à se courber. Je crois que ma mère s'ennuyait. Elle était beaucoup plus jeune que lui, encore jolie, soulagée d'avoir un nouveau bébé bientôt, une réserve chaude de peau-à-peau. Nous les grandes, est-ce qu'on l'entourait, est-ce qu'on la touchait ? J'ai peu pensé à ma mère les premiers mois après sa mort, à ma peine pour elle, oui, mais pas à elle. Si elle avait vu mon père prendre Maddy dans ses bras, la prendre longtemps comme jamais il ne l'avait fait. Lui chanter de vieilles chansons algériennes. Et puis cuisiner, il a bien voulu qu'on lui montre, et il a mieux parlé français. Si ma mère avait vu ça, comme le malheur l'avait changé, elle l'aurait giflé. « Pourquoi pas avant ? Pourquoi tout ça quand je ne suis plus là ? »

.

Ça a duré un an, les garçons. Le dernier avait une chambre au quatrième étage d'un immeuble du quartier, on s'est accoudés à sa fenêtre, on voyait bien la ville depuis là. La neige tombait à gros flocons, c'était calme, l'hiver revenait, tout neuf. Le garçon était torse nu, très maigre. On s'est regardés, on a souri et j'ai su. C'était terminé les garçons. Je suis sortie sous la neige, j'ai marché, je n'étais plus folle. Il faudrait trouver autre chose. Pendant des mois plus personne ne m'a touchée et c'était bien. Maddy a appris à marcher. Je pouvais attacher ses cheveux maintenant, ils étaient assez longs, elle était plus fine. De toutes les sœurs c'est à moi qu'elle ressemblait, en plus jolie. Elle courait dans nos bras mais ne souriait toujours pas, elle a eu trois ans. Je l'ai emmenée pour son premier jour d'école, comme une très jeune maman. Mon père tenait sa main de l'autre côté et il pleurait, il riait en même temps quand je le regardais. Maddy nous quittait. Elle nous a dit « *à ce soir* » et elle est partie sans se retourner. Plus tard elle a appris à lire toute seule, avant d'avoir six ans. Je pensais qu'elle faisait semblant, allongée par terre dans notre chambre, ses livres à la main. Mais non, elle lisait, toute la journée. Je l'ai emmenée au centre Mandela emprunter des romans chaque semaine, elle en a volé deux qu'elle adorait. Je les ai trouvés sous son lit en rangeant et on a dû les ramener. Et puis elle a grandi d'un coup, ses jambes, elle a aimé courir. Je l'ai inscrite à un club. Elle a fait des courses, en a gagné une devant Samy et moi. Samy l'a portée en triomphe. Elle s'est bien entendue avec lui dès le début. Samy, je le connaissais de loin depuis qu'on était petits, dans le quartier, rien de spécial. Et puis on s'est revus dans une soirée. Là il était devenu beau, le visage fin, un peu maladroit. On a parlé, on s'est donné rendez-vous. C'était joli, on allait en ville, on marchait, on s'asseyait près de la rivière, on discutait. Des fois on allait au cinéma. Et puis c'est devenu étrange, ces mois à se plaire sans rien faire, sans un baiser, sans se prendre la main. J'avais peur comme si je n'avais jamais touché un garçon. C'est Marvin Gaye qui nous a sauvés un soir, dans la chambre de Samy. Marvin nous a fait danser lentement, il a guidé nos mains, m'a fait relever la tête et c'est arrivé. On l'a eu notre baiser. J'ai voulu m'enfuir juste après, ne jamais revenir. J'aimais ce garçon.

On est arrivés à six heures dans la cour de l'hôpital, on avait bien roulé. On est sortis de la voiture et on a marché jusqu'à l'entrée principale. Je n'étais jamais revenue là, ça faisait dix ans. Maddy nous attendait dans le hall. Elle était comme une pierre encore, secrète. On l'a suivie et elle a dit que ça allait pour papa, qu'ils voulaient le garder pour la nuit, pour être sûrs. On a pris l'ascenseur jusqu'au troisième étage, traversé deux couloirs. On est entrés dans la chambre où mon père était allongé, ils lui avaient mis une blouse qui laissait voir ses jambes maigres. Il avait une perfusion et une bosse bleue et violette sur le front, il allait bien. Après être tombé il avait très vite rouvert les yeux, parlé, « pas vrai les filles ? » Mes sœurs ont confirmé. Plus tard une infirmière est entrée, les heures de visite étaient terminées. Je lui ai dit que je souhaitais rester auprès de mon père pour la nuit, elle m'a répondu qu'il n'y avait pas de lit pour moi. « Je dormirai dans le fauteuil, avec une couverture. » C'était interdit, j'ai insisté. Je ne pouvais pas leur laisser mon père, pas pour une nuit entière, même si ça avait l'air d'aller. L'infirmière est sortie et elle est revenue avec deux infirmiers plutôt costauds, elle m'a montré du doigt. « C'est la dame qui ne veut pas s'en aller. » Comme les deux mecs s'approchaient j'ai sauté sur le fauteuil et de là-haut j'ai poussé des cris rauques, ça m'est venu comme ça. De peur le plus petit des deux s'est mis en garde, les bras devant lui, il devait faire du karaté. C'était tellement con comme réaction, dans une chambre d'hôpital, que je me suis mise à rire trop fort et trop longtemps. Je crois que c'est ce rire qui les a eus, les cris rauques n'auraient pas suffi. Ils sont partis. Mes sœurs et Samy sont restés un moment, et quand ils ont vu que ça allait ils sont rentrés à la maison. Je suis restée seule avec papa. Comme il n'y avait pas de couverture dans le placard, je suis allée dans le couloir en prendre une et la nuit est tombée.

On a parlé un peu et puis on s'est tus. J'ai éteint la lumière, entrouvert la fenêtre, on voyait les grands arbres dehors. On était étendus l'un à côté de l'autre, lui dans son lit, moi plus bas dans le fauteuil, sous ma couverture. Il m'a demandé si je dormais, de sa belle voix. « Non papa. Et toi ? » Il a dit, « je crois que j'ai faim. » On a mangé dans le noir les gâteaux que les filles nous avaient laissés, et puis il s'est endormi. J'ai posé une main sur mon ventre. La petite bille chaude m'est revenue, sous la peau, près du nombril, celle que Samy faisait pousser en moi. Sa chaleur se répandait autour, elle s'enfonçait lentement, c'était une forêt. L'air était doux, c'était dur de croire que c'était arrivé ici. Que ma mère avait saigné tellement, la nuit après la naissance de Maddy. Que papa était allé voir les infirmières, leur avait dit qu'elle avait mal, très mal. Qu'elles n'avaient pas pris au sérieux son mauvais français, « ça va aller monsieur. Toutes les femmes ont mal. » Il était revenu trois fois et n'avait pas haussé le ton, il n'avait pas osé. Puisque ces femmes disaient que ça irait, puisqu'elles parlaient bien, qu'elles savaient leur métier. Ma mère s'était endormie, il avait pensé qu'elle se reposait. Elle mourait. C'est dur de croire qu'on peut mourir de ça, de ne pas savoir la langue, les façons, je n'y crois toujours pas. Mais c'est arrivé.

Une infirmière est venue à six heures prendre le pouls de mon père, lui retirer sa perfusion. Elle m'a demandé si j'avais bien dormi. Il fallait qu'on attende que le médecin passe le voir, je nous ai fait chauffer du thé. Il a dit, « je ne sais pas si elle est au ciel, je n'ai pas senti. La première fois où j'ai chanté pour Maddy, des mois après, elle était là. Elle m'a soufflé les paroles, même si je les connaissais. Elle les a dites tout bas, moi je les chantais. Tu le sais toi, si elle est au ciel ? » Le médecin est venu vers neuf heures et il a vu que ça allait, je suis sortie dans le couloir pendant que se rhabillait mon père. L'infirmier de la veille qui faisait du karaté est passé devant moi, je l'ai salué. Samy est arrivé sur le parking de l'hôpital. On est montés dans la voiture, mon père devant, moi derrière, fenêtres ouvertes. On est rentrés à la maison, on y a préparé des falafels avec mes sœurs. Maddy nous a imité la tête de l'infirmière quand j'étais montée sur le fauteuil pour crier. Après manger on a fait une partie de rami et mon père a gagné, il ne gagne jamais. Il a demandé si on avait perdu exprès, on a juré que non, c'était vrai. « T'as gagné, t'as vraiment gagné. » Il était presque fâché. Et puis il est allé se reposer dans sa chambre. Avec Samy on est partis, on est descendus par l'escalier. « On va chez toi ? » On a traversé le parc urbain, il faisait beau et il y avait des gens partout, des enfants jouaient au foot. Leur ballon est arrivé jusqu'à nous. Samy a fait une série de jongles avec, il a frimé, puis on a coupé à travers les herbes hautes. On s'est regardés. On retournerait à la mer, une autre fois, pas maintenant. On verrait. Le paradis attendrait.

Janvier

Janvier et *Le paradis* écrit au petit matin dans la chambre jaune. Maddy ne s'appelle pas Maddy, elle est une fille du quartier que je croise parfois, elle est sous ma peau. Je ne lis plus les histoires aux enfants l'après-midi, je les leur raconte sans livre sous les yeux. J'ai peur de tout oublier même si j'ai répété. Je me lève devant eux, je ne sais pas quoi faire de mes mains, tant pis. Je leur raconte Narcisse et Écho. Narcisse je m'en fous mais Écho je voudrais qu'ils la prennent au sérieux, je voudrais qu'ils l'aiment. Pas pour son grand chagrin, non, et pas seulement parce qu'elle devient un rocher. Je voudrais qu'ils l'aiment pour sa façon de parler, elle qui ne peut que répéter. Quand elle arrive devant Narcisse, amoureuse, qu'il la regarde, « d'où viens-tu ?

— *Viens-tu ?*

— Dis-moi ton nom.

— *Dis-moi.*

— Que veux-tu ?

— *Veux-tu ?* » J'aimerais être Écho, cette très petite voix. J'aimerais être Kamélia qui en classe veut tout savoir. Je n'aimerais pas être Thomas. Je pars avec lui cinq jours à la montagne, avec Sandra et les autres élèves, on dort dans des chalets. Je le regarde plier ses affaires, ranger ses fringues, sa serviette. Je lui dis que j'étais comme lui petit, que je rangeais tout. Dehors il n'y a presque plus de neige et on fait des balades dans la forêt. Le premier jour il marche devant avec ses bottes marquées d'un T pour Thomas, l'étiquette ressort de son bonnet noir. Je lui dis qu'elle ressort mais il la laisse comme ça. Le lendemain il a mal au pied mais il ne veut pas s'arrêter, je vois son orteil gonflé le soir quand il sort de la douche. J'emprunte une voiture pour l'emmener chez le médecin du coin, on reste une heure dans la salle d'attente. Je prends le jeu de cartes sur la table basse au milieu des magazines, je pose des cartes sur ses genoux, je lui lis son avenir. « Tu vas avoir deux garçons, deux jumeaux qui vont aimer nager. Ils vont devenir des athlètes, tu vas les emmener dans le monde entier pour qu'ils gagnent leurs courses. Tu vas faire attention à ce qu'ils mangent, à ce qu'ils boivent, à leur sommeil, qu'ils aient juste à penser à nager. Après t'auras leurs médailles dans ton salon, tu pourras les regarder quand ils ne seront pas là, qu'ils te manqueront.

— À moi. » Il pose des cartes sur mes genoux. « Tu vas être un voleur. T'auras un pistolet, tu vas aller dans une banque où une femme va te donner un sac plein de billets. Tu vas partir avec, tu vas les compter. Avec l'argent tu vas t'acheter un très vieux chien qui pourra à peine marcher. Il sera sourd aussi et tu l'auras toujours avec toi, il faudra que tu sois très lent. Tu seras enfin content. » Il sourit pour une fois, et puis le médecin nous appelle. Je lui raconte pour l'orteil, elle me demande si Thomas a déjà été opéré. Je me tourne vers lui, non, pas d'opération. Elle comprend que je ne suis pas le père, elle me demande qui je suis. Je ne suis personne, je veille sur lui.

Janvier c'est les rues encore, on marche et les flics sont plus nombreux. Je fais gaffe mais je ne suis pas inquiet. Je gueule pour la jeunesse qu'on appauvrit, pour les vieux qu'on laisse crever, j'ai la voix cassée. Je me racle la gorge, ça me va, tant que ça ne m'empêche pas de fumer. Et puis le quatorze il y a cette balle. Jusque-là ils n'avaient pas tiré chez nous, ça tirait à Paris, à la télé, les lanceurs de balles de défense, les yeux crevés. Moi on ne pouvait pas me toucher. Mais le quatorze la balle me passe juste au-dessus, je l'entends siffler. C'est stupide, je pensais pouvoir faire un geste, m'écarter, elle est déjà loin derrière. J'ai peur de cette balle après, de toutes les balles, qu'elles m'atteignent. Qu'elles abîment mon visage. Je repère les flics avec des LBD, je leur tourne le dos quand on n'avance pas, je me protège. Fini de faire le malin. À la télé les manifestants de Hong Kong se font tirer dessus à balles réelles, ils meurent. Je ne sais pas s'ils sont des héros ou des tarés. Les deux, mon capitaine.

Je me porte volontaire pour écrire un discours, pour la marche des services publics. Enfin, un discours, dix lignes, pas grand chose. Je dois parler du boulot, dire notre nom. On est des AESH, quatre lettres à la con, personne ne comprend ce que c'est. Coiffeur, médecin, on comprend, AESH non. On est des aides, des cordes, on relie. Je veux dire les gestes qu'on fait, être précis, que les gens sachent. Je rencontre d'autres garçons payés aussi huit cents balles par mois. Pascal s'occupe d'une fille de sept ans qui ne parle jamais à l'école, que chez elle. Il lui fait des cartes de couleur qu'elle lui montre quand elle a besoin de lui, qu'il lui explique, qu'il lui répète. Ça marche plutôt bien et en fin d'année elle lui dit enfin un mot, elle l'appelle par son prénom. Il est surpris parce qu'il pensait qu'elle aurait une voix grave, presque une voix d'adulte. En fait elle a une voix de petite fille haut perchée. Je veux que les gens entendent ça, les petits riens. Je veux leur dire que je ne savais pas que je prendrais ce boulot au sérieux. À quel point il m'aiderait. Même si je suis sur le fil, qu'on peut m'envoyer travailler ailleurs, que je peux perdre ma place auprès de Thomas comme ça. Je lis mes dix lignes devant tout le monde, un micro à la main et ma voix est sûre, elle me surprend. On marche dans les rues et on prend la parole chacun à son tour, ceux des EHPAD, ceux d'EDF, les postiers. Il y a une averse terrible au début, on est trempés mais on le fait. Quand je rentre chez moi je mets mes fringues à sécher et j'attends la nuit pour fumer. Le poison est parfait, seul, à la fenêtre du salon. Ailleurs il y a toujours un danger. Même les jours simples, même celui où on avait vu tous ces hérons avec Nino. C'était léger et bon et pourtant je m'étais dit, attends, comme si je n'étais pas vraiment là, avec lui, que c'était trop risqué. Attends ce soir, tu vas repenser à ton garçon, tu vas fumer. Ce sera parfait. Pareil avec Fanny, même dans les bons soirs j'allais sans elle dans la petite cour en bas, j'avais un peu froid. Je fumais. Et je fume encore cette nuit, je me sens moins moche que les mois passés. Je ne comprends pas les gens qui ne fument pas. Ils sont si courageux.

Et puis le vingt-deux ma sœur tombe. Sur sa moto noire elle heurte la barrière de sécurité, elle cogne le bitume, elle ne bouge plus. Les pompiers la soulèvent et l'emmènent à l'hôpital où les médecins ouvrent son crâne, épanchent le sang. Ils l'opèrent. Moi je conduis la voiture de Coco, on a quatre cents kilomètres jusqu'à Paris. On écoute des chansons à la radio, que Coco fredonne de sa voix enrouée. Ça devient sa voix en fait, une voix de vieille rockeuse. On parle d'elle jeune femme, pour s'occuper. Elle ne sortait le soir que pour des réceptions d'affaires, elle méprisait les gens qui étaient là, tout leur fric. Ils n'avaient eu qu'à claquer des doigts pour avoir tout ça, ils étaient vulgaires. Elle les utilisait, elle vendait plus avec eux, c'était un jeu. Elle aimait ça. Quand on arrive à l'hôpital on ne peut pas voir Anouk, l'opération va durer. On attend dehors. On regarde l'hélicoptère des blessés atterrir et repartir, comme une danse, on boit du café dans des gobelets en carton. Coco me raconte sa première voiture, une DS gagnée à la loterie. Elle n'avait même pas le permis.

Quand la nuit tombe on rentre dans le hall de l'hôpital. Un garçon y joue sur un vieux piano, pas trop mal, on s'assied sur un banc pour l'écouter. Je m'endors juste un moment sur l'épaule de Coco puis je rouvre les yeux, le garçon finit un Bowie et je vais lui parler. Il a dix-sept ans, deux tuyaux sortent de son bras, il est là pour un moment. Il s'ennuie alors il joue, c'est mieux que la télé. Il me demande si j'ai prié pour ma sœur. Quand il remonte dans sa chambre je m'assieds au piano sans jouer, la nuit très noire derrière les baies vitrées. Le hall s'est vidé, plus personne, on est perdus ici. Comme on ne peut pas dormir à l'hôpital on va dans un hôtel pas loin, on regarde des documentaires animaliers. Des pumas. Quand j'éteins la télé Coco s'est endormie sur son lit blanc, tout habillée, j'écoute passer l'hélicoptère. Je m'endors aussi. On a oublié de manger et le lendemain à l'hôpital on a faim. Il est dix heures quand on nous ramène Anouk allongée, endormie. Sur son crâne autour du bandage ses cheveux sont rasés, près des tempes elle en a encore. C'est ma sœur, à peu près.

Elle dort beaucoup les premiers jours puis elle nous parle. Elle demande à Coco de lui raser les cheveux qui lui restent sur les côtés. Son crâne est régulier, lisse. Elle aimerait penser qu'elle est morte un moment et qu'elle en est revenue, qu'elle est une sorte de miraculée. Mais elle ne pense qu'une chose, qu'elle est abîmée. Son côté gauche est paralysé, sa bouche, son bras, sa jambe. Elle est allongée devant moi avec son corps coupé en deux. Elle ne reconnaît plus le goût de ce qu'elle mange, elle me demande si moi je la reconnais. On apprend les nouveaux gestes, je rapproche son fauteuil roulant, je l'aide à s'y mettre. On sort de la chambre et je l'emmène au bout du couloir. Devant la baie vitrée il y a des arbres, la ville, des oiseaux. Elle n'a pas perdu connaissance juste après l'accident, c'est arrivé plus tard. Juste après sur le bitume elle était consciente, elle attendait dans cet endroit à part sans savoir où elle était. Elle a pensé à Lisa qui venait de la larguer. Elle s'est dit, si cette fille change d'avis, qu'elle vient me chercher, elle ne me trouvera pas ici, il faut que je parte. Mais elle avait beau essayer elle ne pouvait pas s'en aller.

Un soir Coco lui offre le livre sur les chats qu'elle voulait. De retour chez elle c'est la première chose qu'elle fera, elle prendra un chat. Elle pose le livre sur ses genoux, regarde les bêtes les unes après les autres jusqu'à ce qu'elle s'arrête, « c'est lui ». Elle nous montre un chat-tigre très fin, blanc avec des tâches noires, Coco dit qu'elle pourra lui en ramener un. « C'est moi qui irai le chercher. Tu seras sa marraine, tu pourras lui faire des cadeaux.

— Quels cadeaux ?

— Je ne sais pas, des souris en plastique, tu trouveras. Découpe-moi la page s'il te plaît, pose Sherif ici que je puisse le regarder. » Elle prend sa boîte de cachets. « Celui-là petit frère c'est pour oublier combien j'ai eu peur, tu veux goûter ? C'est meilleur que tout ce que tu peux fumer. »

Les jours suivants je regarde Anouk et Coco se rapprocher. Anouk lui demande de couper sa viande, d'ouvrir ses rideaux, sa fenêtre, de lui donner à boire. Quand elle s'endort dans la journée Coco s'endort à côté d'elle, je vais faire un tour. En revenant je les trouve devant la télé, des documentaires animaliers encore, des aigles. Et quand Anouk pleure elle pose sa tête sur les genoux de Coco, elle se laisse bercer. C'est dingue. Et c'est simple. Sa lèvre redevient normale, le reste sera lent. Elle veut retrouver sa jambe, au moins ça. Elle passe une main sur la cicatrice de son crâne rasé, elle est plus belle qu'avant. On se rappelle le jour où Coco est devenue Coco, quand on était adolescents. Anouk l'appelait la Colonel depuis des mois pour les ordres tout le temps, la froideur. Moi je n'aimais pas ça, la Colonel, ça nous rendait froids nous aussi, il fallait trouver mieux. On a essayé plus court, Coco. C'est resté.

Le matin où Anouk s'habille pour la première fois depuis l'accident, il fait très beau. Ma mère l'aide à enfiler son tee-shirt, son jean, à lacer ses chaussures. Elle met la casquette noire que je lui ai trouvée. « Donne-moi Sherif, maman, je vais le garder sur moi.

— Tu n'as pas peur de l'abîmer ?

— Plie-le en deux, je le mettrai dans la poche de mon blouson. Ce n'est pas grave s'il est un peu froissé. » On quitte le service de neurologie, on va dans un hôpital plus petit où Anouk va se reposer. Comme ce n'est pas loin on lui propose d'y aller en fauteuil, elle dit non. La rue, le bruit c'est trop tôt, alors on prend l'ambulance jusqu'à Lariboisière. Arrivés, on monte dans sa nouvelle chambre au premier étage, c'est un peu vieillot, les fenêtres surtout. Elle dit que ça mériterait un bon coup de pinceau. Elle met Sherif sur sa table de nuit et c'est mon dernier jour ici, je dois retourner bosser. Coco reste. Je les embrasse, on est calmes. Je marche jusqu'à la gare en plein soleil.

Un roi

Un soir mon père est arrivé avec le fauteuil roulant. Il avait mis quatre jours à en trouver un, chez des Albanais du quartier. Pas possible de savoir s'il l'avait payé, ou emprunté, ou s'ils le lui avaient donné. Je pense qu'ils le lui avaient donné. Mon père l'a déplié au milieu du salon, il n'était pas neuf mais en bon état, noir. Je m'y suis assis et les accoudoirs étaient à la bonne taille, pareil pour poser mes pieds, il m'a fait le dos bien droit. J'étais un roi dans ce fauteuil. J'ai traversé l'appartement avec, ma grande sœur a enlevé les jouets dans le couloir pour que je puisse passer. Et puis je l'ai replié et je l'ai rangé dans l'entrée. Avant de me coucher j'ai regardé le portrait de Louis XVI dans mon livre d'Histoire. J'étais roi aussi maintenant. Et puis j'ai mal dormi, je voulais déjà être au matin. Dans notre lit ma sœur s'est retournée plusieurs fois, elle était tellement plus grande que moi. J'avais dix ans et je ne grandissais pas. Mes petits frères dormaient dans le lit du fond, les parents au salon. Quand le jour s'est levé je me suis habillé, j'ai déjeuné puis j'ai descendu l'escalier. Mon père a porté le fauteuil qu'il a déplié dans la rue. Je m'y suis assis, il a pris mon cartable et on est partis. C'était le début du printemps, des jonquilles avaient poussé sur la bande de terre en bas de l'immeuble. Il faisait très beau, je me tenais droit, j'étais roi. On est arrivé à l'école et mon père a expliqué que je serais en fauteuil désormais, j'ai traduit les mots qui lui manquaient. Je parlais bien français, mieux que ma sœur. Et tant qu'on me pensait blessé, en fauteuil, nous ne serions pas inquiétés.

Je suis resté dans mon fauteuil toute la journée. À l'heure de la récréation, un groupe s'est formé autour de moi devant notre grand chêne. J'ai écouté les filles et les garçons et j'ai réparé les torts, que celui qui avait frappé demande pardon. Désormais mon avis comptait, j'étais roi. J'étais Saint Louis. J'avais trouvé un livre où il rendait la justice sous un arbre comme le mien. Le soir mon père m'a ramené chez nous, et arrivé devant l'immeuble j'ai eu le droit de me lever. J'ai couru jusqu'aux terrains de football, j'en ai fait le tour trois fois jusqu'à être fatigué. Mon père me l'a autorisé sans me l'expliquer, il devait penser que je ne tiendrais pas sinon. Au matin j'étais roi de nouveau.

Les jours ont passé et le danger s'est éloigné. Loin la préfecture, les papiers qui nous manquaient. Loin les lettres reçues qui nous demandaient de partir. Depuis que j'avais mon fauteuil il n'y avait plus de lettres, nous étions protégés. Des enfants me voyaient courir le soir, au matin me trouvaient assis, roi et n'en parlaient pas. On ne nous demandait rien. Ça faisait pleurer ma mère parfois, la bonté des gens du quartier. « Nous sommes bénis d'avoir trouvé cet endroit, béni mon fils qui y est roi. » Elle riait. Je lui avais dit que j'étais Saint Louis, à elle seule je pouvais. « As-tu été reine avant ? lui ai-je demandé.

— Oui, je l'ai été.

— Es-tu reine encore ?

— Parfois. » Ensuite est venu juin, j'aurais onze ans le vingt-et-un. Je voulais en cadeau un vieux chien paresseux qui resterait à mes pieds, que je caresserais. On pouvait maintenant que le danger était loin. Les beaux jours arrivaient et ma jambe ne me faisait plus mal. Elle avait été blessée avant, vraiment, j'en avais les certificats. C'était grâce à elle le fauteuil, merci.

À la fin du mois nous avons fait une grande fête près du bois avec les gens du quartier. D'où venait l'argent des viandes qui grillaient, des ballons accrochés aux branches ? D'où venaient les musiciens qui faisaient danser mon père et ma mère, d'où savaient-ils danser ? Ma sœur riait et me faisait tourner dans mon fauteuil. Nous n'étions plus cachés, mes frères couraient autour du feu, les hommes fumaient. J'étais au milieu d'eux, je trônais. Je guettais mon chien qui n'est pas arrivé. On a posé sur mes genoux le gâteau dont j'ai soufflé les bougies, on m'a applaudi. J'ai défait le paquet de mon cadeau. C'était un livre épais, *L'histoire de France illustrée.* La couverture rigide, le plus beau livre que j'aurais jamais. J'ai regardé des pages au hasard. Ce n'étaient pas seulement les rois qui m'intéressaient, je voulais voir les rues de Paris qui s'inventaient, les gens qui y vivaient. Les gens de nulle part comme nous qui y avaient été accueillis. La France, la grande France qui nous avait dit non, mais qui au fond nous aimait. Toute cette fête le disait.

Les choses sont allées si vite après. Nous n'avons plus été protégés sans qu'on puisse l'expliquer, les policiers sont venus chez nous. Il fallait partir. Mon père a dit à ma mère le nom de la ville de Serbie où l'on atterrirait, le taxi qu'on prendrait ensuite. On ferait trois cents kilomètres jusqu'à une maison où l'on aurait une chambre pour quelques jours, le temps de se retourner. Dans les couloirs de l'immeuble il parlait à voix basse à nos voisins, on reviendrait. La France finirait par nous aimer. J'écoutais de loin, je n'y croyais pas. Tant qu'il m'emmenait à l'école chaque matin, tant que j'étais roi. J'ai eu peur pour mon fauteuil alors, j'ai guetté les bruits, s'il s'abîmait. Si ça tenait à ça. Mais mon fauteuil était solide et ma mère était calme, ça pouvait encore bien tourner. Même le matin où mon père est allé voir le directeur de l'école, où j'ai traduit pour lui que c'était mon dernier jour, même là on pouvait encore s'en tirer. Changer nos plans, se cacher. Le soir à la maison j'ai fait ma valise avec ma mère, mes frères sautaient sur leur lit, ils n'étaient pas fatigués. J'ai mis mon livre illustré au milieu de mes habits. J'ai demandé à mon père si on prendrait le fauteuil, on n'en aurait pas besoin là-bas. J'ai raconté à ma sœur ce que j'avais lu sur les grands boulevards de Paris, elle m'a écouté, à moitié. Elle était belle, sérieuse, comme mon père et ma mère, même mes frères s'étaient calmés. Je lui ai fait faire un tour en fauteuil, je l'ai emmenée dans le couloir, dans la chambre où ma mère avait tout nettoyé. Un tour d'honneur. Et puis j'ai replié le fauteuil et l'ai rangé dans l'entrée, salut mon vieux. À jamais.

Février

Février et j'écris sur ce garçon vu pendant des semaines dans son fauteuil, dans la cour de l'école. Il a quitté la France à l'automne avec ses parents et on a réuni trois cents euros pour eux, pas grand-chose, on n'a pas de nouvelles depuis. Février a ses blessés dans les rues, ses tirs de LBD, la main d'un garçon arrachée. Les gestes qu'il devra apprendre sans elle, comment enfiler son blouson, comment tourner les pages d'un livre, comment se laver. Anouk aussi apprend ça. Dettinger le boxeur, lui, ne sait pas où il est blessé, il ne sent rien. Il se dit que ça va venir plus tard, d'un coup. Dans sa cellule il muscle ses bras dès le réveil, il a ma lettre dans un tiroir, au milieu d'autres. Il ne sait pas quoi répondre. Il ne comprend pas qu'on ait enfermé son corps dans cet endroit, que ces hommes le surveillent, c'est comme une fièvre. Tout est changé. Il ne reconnaît plus ses pas dans la cour, ni le calme la nuit, ni son dos qui lui fait mal. Il est confus au parloir avec sa femme, de quoi parlait-il avant la prison, avec quels mots ? Il retourne dans sa cellule et se met de l'eau froide sur le visage. L'eau froide peut aider.

Dans le quartier, un garçon de dix-sept ans prend deux balles dans la jambe, au milieu de la rue piétonne. Il revenait du point de deal dont il fait les entrées devant un immeuble, rue Léonard de Vinci, deux mecs d'une autre bande lui ont tiré dessus. C'est arrivé à cent mètres d'où je passe tous les matins et pourtant c'est très loin, je ne suis pas du quartier, je ne vois rien. Même si les élèves me disent qu'ils savent où sont les armes, dans les caves, les greniers. Je ne sais pas le nom du garçon blessé. Il a commencé par faire le guet puis il est monté en grade, il a gagné du fric. Il s'est dit OK c'est facile, rien à inventer, juste à continuer, à jouer plus gros, je comprends ça. Enfant je voulais comme lui que tout me soit donné, surtout ne rien avoir à inventer. Je le vois entendant le scooter venir de loin, il marche dans la rue piétonne. Il se retourne vers les deux mecs sur leur bécane, il se dit non, pas maintenant. Il fait quand même un pas de côté, regarde où il pourrait se planquer, pas d'endroit. Quand le scooter ralentit tout près il sent l'arme se braquer sur lui, il ne la voit pas. Ils tirent dans ses genoux deux fois et il tombe sans crier. Le scooter disparaît, il n'est pas mort, il sent où l'os s'est brisé. Bientôt il réapprendra à marcher.

Comme Nino va venir à l'appartement, qu'on va avoir une semaine tous les deux, je vide les cendriers au salon, je range ce qui traîne. Je remets les livres sur les étagères, les papiers, je lave les sols. Je nous fais un programme, cinoche, balade, il ne faut pas que je prévoie trop. Ce sera bien, on verra. Quand il arrive avec Fanny ça sent bon, je leur ai fait à manger, j'ai mis la table. Je leur montre les trente-neuf euros que j'ai retrouvés dans les coutures du canapé, dix années de fric perdu quand on s'y allongeait, on partage. J'ai retrouvé des peluches de Nino aussi, je lui donne le renard qu'il aimait. Il le remonte dans la chambre jaune et je fais du café pour Fanny. Elle a des rides au coin des yeux, à peine. Depuis des mois elle s'en sort, elle se lève tôt le matin pour aller voir ses petits vieux, elle les soigne. Elle traverse la vallée, klaxonne dans les milliers de foutus virages, elle mange dans sa voiture le midi. Elle fait tomber les fièvres, elle rassure les gens, elle a peur de se tromper. Elle est si fatiguée parfois qu'elle se coucherait par terre et s'endormirait. Elle rentre tôt pour Nino, ils vont sur les chemins. Ils ont trouvé une source sous les roches, vers Lanas, ils y sont entrés pieds nus. L'eau leur arrivait aux chevilles et ils ont marché sur cinquante mètres au moins avec une torche. Elle a eu raison d'être partie de chez nous, pas vrai, d'avoir sauvé sa peau et la mienne, d'avoir emmené Nino. Je dis oui, peut-être. Je lui parle enfin de Saint-Louis. Elle est mon amie.

Quand elle s'en va j'ai Nino juste pour moi. On va à la piscine où je vois son corps qui change, ses épaules. C'est simple le corps de mon garçon, je peux m'y fier. C'est solide. C'est facile de se serrer contre lui, de l'avoir tout près quand on regarde une série, dans mes bras au matin. On chahute dans le canapé, on joue au foot au square Bouchot, je soigne son genou après qu'il est tombé. On s'en tire pas trop mal tous les deux, on va chez le Sicilien manger des pizzas énormes. Il me demande si on se remettra ensemble Fanny et moi et je dis non. Je voudrais bien mais c'est non. Et puis il me parle de quand on était ensemble, ça ne le regardait pas alors comment ses parents allaient, c'étaient nos histoires. Ce n'est plus pareil maintenant. Il aime que sa mère pose sa tête sur ses genoux, le soir quand elle est fatiguée, que cette tête pèse des tonnes. Je fume la nuit quand il est couché, je fume puisque Fanny a lu *Le paradis*, qu'elle l'a aimé. Je dors dans le lit de la chambre bleue où il n'y a plus son odeur, je m'y réveille en sueur, toujours trop tôt. La dernière après-midi on fait des beignets pour elle. On les goûte quand ils sont prêts, ils sont fondants comme on voulait. Fanny en mange huit en arrivant, je ne crois pas qu'elle fasse semblant, elle les aime pour de bon.

Une fois Nino et Fanny repartis, je vais chercher Coco à la gare, à son train de vingt heures. Je regarde passer les gens sur le parvis, elle arrive vers moi et s'allume une cigarette. Elle a cette façon de creuser les joues quand elle avale la fumée, comme si c'était du poison. Ça n'en est pas. Elle fait les trajets chaque jour maintenant pour aller voir Anouk, elle ne dort plus à Paris. « Je ne fais rien dans le train, le soir surtout. Encore le matin je me prends un café à emporter. Je le bois assise près de la fenêtre, je lis le journal. Mais le soir, rien. J'ai passé la journée avec ta sœur, c'est assez. J'apprends à être une mère à soixante-dix ans, je suis fatiguée. Je suis comblée. Dans le train du retour je mets mon blouson sur moi, comme couverture, et je regarde dehors. Les lumières, les maisons, la nuit. Je disparais. » On traverse le parc des Glacis mal éclairé, il paraît nu l'hiver avec ses grands arbres sans feuilles. Je demande à Coco si elle se fait à manger, les soirs où je ne viens pas la chercher. « À la maison je pose mes clés sur la table et je vais dans ma chambre, dans le noir, comme une voleuse. Je pose mes affaires par terre, ma veste, mes habits, je prends mon tee-shirt blanc sous ma couette et je me mets au lit. Souvent il me reste une pâtisserie, achetée pour ta sœur, que je mange en faisant des miettes. Je m'endors comme ça et c'est bien. Tu sais, ce qui m'arrive là avec Anouk, cette très belle chose, je ne la mérite pas. Et je m'en fous. Je la prends comme si je la méritais, je prends tout. Anouk elle m'a impressionnée, dès qu'elle a eu deux ans, trois ans. Tout ce qu'elle faisait, ses gestes. Elle ne me donnait pas la main. Elle m'impressionnait comme moi j'impressionnais les gens, je ne pouvais pas m'approcher d'elle. Je la regardais être cette petite fille brillante et impatiente et je priais pour qu'elle ne tombe jamais, parce que les filles comme elle, si elles tombent, même juste une fois, c'est trop dur. Je gardais mes distances, j'étais loin de vous et je vendais mes crèmes, mes onguents, je me cachais. Je vendais la terre entière, je la découpais en morceaux et je lui donnais un prix. Et j'avais toujours mieux, un nouveau parfum, une nouvelle affaire, ça n'en finissait pas. J'ai pensé qu'Anouk aussi vendrait, et peut-être qu'elle le fera, ce n'est pas terminé. Elle m'impressionne encore, là, avec son corps déglingué. C'est fou qu'elle m'ait ouvert les bras, non, que ça arrive si tard ? » On entre chez elle et je sors mon tupperware avec le repas que j'ai préparé, on a juste à le réchauffer. Je lui ai gardé un de nos beignets, un peu mou.

Thomas, lui, se met à écrire droit. Ses lettres tiennent sur les lignes, il est content. Il n'y a plus que les mauvais jours où son écriture se tord, où il déchire ses feuilles. Depuis le soir où on s'est prédit l'avenir on s'entend plutôt bien, mais ces mauvais jours je suis un étranger. Je suis un maton même, je le surveille, que ça. Je vois la peau trop blanche de ses bras, ce qui est trop fragile, ce qui fait pitié. Et puis ça s'en va, je pose une main sur la sienne qui tremble à peine, je l'aide. Un matin j'arrive à l'école avec du noir sur le visage et il me demande pourquoi. Je lui raconte la roue crevée de mon vélo, comment j'ai essayé de la réparer, je m'en suis mis partout. Il me dit qu'il peut m'aider et Sandra nous laisse aller dans la cour où on retourne le vélo. Il enlève la roue arrière, la chambre à air, il cherche où elle est abîmée. Il ronronne comme quand il est très concentré. Je le regarde y arriver, repérer les trous et coller les rustines, et pour la première fois je le vois adulte. Je me dis qu'il pourra être un adulte, qu'il va trouver. Il regonfle la chambre à air, remet la roue et me dit qu'il a fini.

Plus tard les enfants plantent des arbustes dans la cour de l'école, ils font une haie le long de la grille, une idée de Sandra. Elle me dit « tu vois, on fait de vraies choses cette fois, avec de la vraie terre, de vraies bêches, des pelles. » Les enfants sont fous de joie. Thomas creuse le trou pour son arbuste, il marche autour, un peu inquiet quand même. « T'es sûr qu'il va pousser ? » Avec les autres il met les copeaux de bois autour de la haie, ils ne veulent plus s'arrêter. Quand on retourne en classe ils écrivent dans leurs cahiers ce qu'ils viennent de faire, pour Thomas c'est le grand jour. Sa mère vient le chercher à la sortie, ils passent le mercredi ensemble. C'est elle qui a demandé, c'est la première fois. Thomas est plutôt tranquille, il demande souvent l'heure qu'il est, c'est tout. Il fait le boulot que Sandra lui a donné. Le soir à la grille sa mère n'est pas encore là, elle va arriver. Les parents s'en vont avec leurs enfants, on les regarde tourner au coin de la rue, les uns après les autres, jusqu'à ce qu'il n'y ait plus que nous deux. Je lui dis de poser son sac s'il le veut, il le garde contre lui. J'appelle sa mère trois fois, je lui laisse des messages. Elle ne peut pas faire ça, elle va arriver. C'est elle qui a demandé. Je raconte à Thomas quand j'avais attendu Coco comme ça, petit, je fais durer. On attend encore longtemps et puis on décide de se tirer, je le ramène à l'internat. On longe la cour, on passe devant l'arbuste qu'il a planté, on prend le bus sur le boulevard. Après les quais on voit le cimetière des Chaprais, il dit qu'il aimerait s'y promener, que ça a l'air calme. On est calmes nous aussi, on n'attend plus rien. Et puis on oublie son cartable dans le bus et on court comme des fous pour le récupérer, le chauffeur nous laisse remonter. On arrive devant le parc de l'internat et c'est plutôt grand, joli. Il me montre son cerisier et la fenêtre de sa chambre, je lui demande si ça va aller. Il me dit « oui. Tu veux un verre d'eau avant de rentrer ? »

Thomas ne vient pas à l'école les jours suivants. J'appelle l'internat, on me dit qu'il est hospitalisé, que je ne peux pas le voir. Qu'il doit se reposer. Le dimanche soir je marche jusqu'au parc devant son cerisier, je regarde la fenêtre de sa chambre. Pas de lumière, il n'est pas revenu. À l'école sans lui je m'occupe des enfants qui ont du mal à lire, je leur raconte l'histoire de Déméter. Ils aiment qu'elle aille dans un temple se cacher. Ils me demandent pourquoi Thomas n'est pas là et je leur dis qu'il est malade, c'est presque vrai. Je voudrais que Fanny soit tout près, je voudrais lui parler. Lui raconter comme il fait jour maintenant à six heures quand je rentre sur mon vélo le long de la rivière. Comme il fait beau tout le temps, et froid, toujours froid. Comme j'aime ça. Je lui ai envoyé *Le paradis* il y a peu, elle voulait le relire. Être sûre que l'appartement du sud dont je parlais, orange, c'était bien celui où on était allés, avant d'avoir Nino. C'est bien lui.

Quand je retourne voir Anouk elle est sur son lit, elle a son pantalon de survêtement, son sweat jaune à capuche. Elle vient de terminer sa séance de kiné où elle a parlé tout le long, elle n'arrête pas de parler. Ce qui était ferme dans sa tête est devenu vague, elle y est perdue. Les choses redeviennent nettes quand elle parle. Elle pose des questions aux gens aussi, essaie d'écouter ce qu'ils disent jusqu'au bout, que ça reste clair. C'est un gros effort. Coco ne doit pas savoir tout ça, pas un mot s'il te plaît. Les matins avant le kiné elle a son psy, son orthophoniste, elle est bonne élève. Elle me montre ses progrès. Elle se met debout et décolle lentement sa jambe gauche, c'est déjà énorme en si peu de temps. Elle va à la salle de bains à cloche-pied se mettre de l'eau sur le visage, elle s'y rase le crâne. Sur sa table, à côté de la photo de Sherif, elle a les livres qu'on lui a achetés. Elle peut lire les citations au début, pas plus pour le moment. Elle me montre celle de Duras, *la personne la plus folle pour un enfant ce sera toujours sa mère.* Ça la fait marrer. On descend après dans la cour de l'hôpital, je pousse son fauteuil sur le chemin en gravier, le long des allées de tilleuls. On s'arrête près d'un banc où on s'assied. « Tu vois le garçon en face, dix-sept ans, la boucle d'oreille. Il est comme moi, il réapprend à marcher. Six semaines qu'il est là. Il peut aller d'un banc à l'autre maintenant. Il a une marche sans à-coups, presque pas déformée, c'est juste qu'il est très lent. Regarde, il se lève, regarde-le marcher. Tu vois ? Le médecin m'a dit comme à lui que notre équilibre est cassé, qu'on ne le retrouvera pas. On va travailler, on va faire semblant et ça va aller. C'est ce que je regarde maintenant chez les gens, quand ils marchent, s'ils font semblant. Tu sais que j'ai des souris dans ma chambre, des souris blanches ? Elles passent sous mon lit le long du mur, très vite. L'hôpital avait des chats avant pour s'en débarrasser mais ils n'ont plus le droit. T'imagines ici, avec des chats ? Avec Sherif là au milieu ? Ça le rendrait taré, non, toutes ces souris ? La journée tu sais je dors n'importe quand, souvent pas longtemps mais profond. La nuit ce n'est pas le même sommeil, je suis à la frontière, presque réveillée. Alors je me souviens de mes rêves, ça ne m'arrivait pas avant. J'y marche normalement, toujours, je n'y ai pas eu d'accident. Parle-moi de Nino, comment il va ? Vous êtes allés sur le chemin du serpent ?

— Ils ont enlevé le tronc couché qui barrait l'entrée de la clairière, celui qu'on devait toujours contourner. On a vu les cerfs à la grande mare, elle était gelée, il y avait juste un endroit où ils pouvaient boire.

— Et tu écris ? Tu écris quoi ?

— J'ai fini l'histoire d'un garçon qui est dans un fauteuil comme toi, je te l'apporterai. Maintenant j'écris l'histoire d'une fille qui s'appelle Maria.

— Tu la connais ?

— Pas vraiment. Je la vois parfois à la grille de l'école. »

Maria

Disons qu'on tenait bon. Quand j'étais trop fatiguée je ne voyais plus rien d'un coup, noir. Je me retenais à ce qu'il y avait devant moi, n'importe quoi, pour ne pas tomber. J'étais très loin, je devais attendre. Je comptais jusqu'à cent et le noir s'en allait. Je voyais de nouveau, je pouvais bouger. Ça m'est arrivé au boulot plusieurs fois, puis un soir à la maison dans la chambre d'Ajla. Elle était couchée dans son lit, moi assise à côté d'elle, elle me racontait un livre qu'elle avait lu. Quand c'est devenu noir devant mes yeux je me suis accrochée à l'étagère tout près, Ajla ne l'a pas vu. J'étais loin mais j'entendais encore sa voix. Et puis c'est revenu, les lumières de la chambre, les couleurs, elle finissait de raconter son histoire. Je l'ai embrassée sur la main et j'ai éteint. Ajla avait dix ans, elle était grande pour son âge, comme je l'avais été. Elle était plus jolie que moi, plus sûre aussi. Sur son bureau il y avait les carnets où elle écrivait, elle me lisait ses textes. Je ne lisais pas le français. Ajla écrivait tellement, c'était une si bonne élève. Ses maîtresses le disaient. J'étais une de ces mères qui fait des ménages tôt le matin et tard le soir, qui met de l'argent de côté pour sa fille, qui ne pense qu'à ça. C'était l'histoire qu'on se racontait, on était organisées. On préparait ses habits le soir sur la chaise devant son bureau, que ce soit facile pour elle au matin de s'habiller seule et de partir à l'école. J'étais au boulot déjà. Je revenais dans la matinée, je nous préparais à manger et en fin d'après-midi je repartais travailler. Ajla s'ennuyait parfois avec tout ce temps à être seule, le matin et après l'école. Malgré les livres et les carnets. Elle regardait une émission à la télé où les gens doivent retrouver les paroles des chansons, elle adorait ça. On regardait cette émission ensemble le samedi et le dimanche, on allait à la piscine. On avait le même maillot de bain rouge, une pièce, et c'était le seul moment où j'avais un corps. Un corps trop grand, mais un corps quand même. Je n'avais pas de corps quand je travaillais, que des muscles qui se tendaient. Je balayais, je nettoyais, je récurais, j'étais rapide et discrète. Je faisais des heures en plus volontiers, je prenais l'argent, j'aimais être épuisée. J'aimais jusqu'à ce voile noir devant mes yeux, quand tout disparaissait.

En octobre quatre hommes sont arrivés dans l'immeuble, deux au premier étage, un au troisième et un autre au quatrième, dans l'appartement collé au nôtre. C'étaient des hommes jeunes. Ceux du premier étage se sont installés la journée dans le terrain vague derrière l'école, celui qui donne sur la rue Dürer. Ils y ont mis des chaises longues, y ont fumé, parlé fort, d'autres garçons les retrouvaient. Tous les jours comme ça. Je les voyais depuis ma fenêtre fumer et parler, ne rien faire. Alors je suis descendue, j'ai voulu leur dire de s'en aller mais j'ai eu peur d'eux, je n'ai pas osé. Si j'avais pu je leur aurais dit, je ne veux pas que ma fille vous voie. Je ne veux pas qu'elle sache comme on peut se laisser aller, que ça lui donne des idées. Je ne veux pas qu'elle vous regarde le soir en sortant de l'école, que vous lui voliez des pensées. Même une pensée. Pour nous tout est risqué, partez. S'il vous plaît partez. Je n'ai rien dit et je suis remontée.

L'homme qui a emménagé près de nous au quatrième étage n'était pas de leur bande. Il mettait la télé fort dès le matin, je l'entendais à dix heures en rentrant de mon premier travail. J'allais dans ma chambre, j'arrivais à fermer les yeux, à me reposer un peu avant de préparer à manger. Quand il était presque midi j'allais chercher Ajla à l'école, je l'attendais devant les grilles. Elle était si sérieuse ma fille, dans le rang avec les autres enfants. Moi aussi j'étais sérieuse. Il n'y a qu'à l'appartement, cachées, que parfois on ne l'était pas. Un dimanche matin, dans notre rue, on a croisé l'homme du troisième étage. Il ressemblait à mon frère, les traits moins fins mais la même voix. Et puis les mêmes yeux, rieurs, qui se plissent pour un rien. Ajla avait un bonbon à la main, il lui a demandé si elle lui en donnerait la moitié, elle a ri. Je ne sais pas si c'est pour ça que je n'ai pas eu peur de lui, un soir dans le hall de l'immeuble, quand je n'ai plus rien vu. Je me suis arrêtée, debout, j'ai cherché à m'accrocher pour ne pas tomber. J'ai trouvé son bras et l'ai serré fort, le plus fort que je pouvais. Quand j'ai vu à nouveau, que je l'ai lâché, je lui ai dit pardon et j'ai pris l'escalier.

Au matin il a frappé à ma porte, il m'a demandé si ça allait. Il s'était rasé, coupé à peine sur la joue, j'ai dit oui. On était dans le couloir tous les deux, ma porte entrebâillée, j'étais plus grande que lui. Je lui ai demandé s'il avait eu mal au bras quand je l'avais serré. Il m'a dit, « un peu. C'était la première fois, d'être mal comme ça ?

— Non, ça m'arrive quand je suis fatiguée, ce n'est rien.

— Bonne journée.

— Bonne journée. » J'ai refermé ma porte. Le lendemain j'ai frappé à la sienne, il m'a ouvert et je lui ai tendu des chocolats blancs. « C'est pour vous remercier d'avoir été là. »

On s'est revus ensuite, le matin. Une fois il frappait à ma porte, une fois c'était moi. C'était facile de se trouver des raisons, de la farine à se prêter, à se rendre, n'importe quoi. On ne restait jamais longtemps, quelques mots et puis on s'en allait. Et toujours on se vouvoyait. Et puis on a osé certains mots, bongiorno. Oser l'italien, nous les étrangers. Oser un français plus raffiné. « Vous passerez une bonne journée. » Et puis je lui ai raconté mon boulot, mes mauvaises nuits, lui les chantiers où il travaillait. Un jour je lui ai montré une photo de mon frère, « vous me faites penser à lui. » Sur la photo il avait treize ans, son ballon de foot dans les mains, les cheveux en bataille, le visage un peu flou. C'est ma préférée. « Vous avez les mêmes yeux.

— Comment il s'appelle ?

— Lazar. Il me manque beaucoup. » C'est là que j'ai fait ce geste, pas pensé du tout. Je l'ai pris dans mes bras. Il m'a pris lui aussi. On était pareils lui et moi, on avait compris, pas besoin d'expliquer. On est restés comme ça un moment et puis on s'est séparés. Je me suis reculée de trois pas et j'ai refermé ma porte, sans parler. Le lendemain on ne s'est pas vus, on ne pouvait plus. On avait été si près. Pendant des jours on ne s'est plus parlé, il m'a manqué, Ajla m'a demandé ce qu'il y avait. « Rien.

— Est-ce qu'on va encore déménager ?

— Non. Pourquoi on déménagerait ?

— Qu'est-ce qu'il y a ?

— Je ne sais pas. »

Il a plu pendant des jours après, ça grondait la nuit sur les toits. Le silence m'a réveillée quand les pluies se sont arrêtées. Je l'ai entendu se lever dans l'appartement du bas, marcher. On entend tout. Il est allé à sa fenêtre, il a fumé une cigarette. Et puis il est retourné au lit, sous ses couvertures, au chaud. Reste au chaud. Je me suis levée après lui, j'ai bu un verre d'eau et je me suis recouchée. J'ai écouté le souffle d'Ajla tout près. Quand les pluies sont revenues elles m'ont bercée, je me suis rendormie. Le lendemain il pleuvait fort encore, à midi avec Ajla on a couru pour rentrer, on a sauté par-dessus les flaques. On a quand même eu les pieds trempés. On s'est déchaussées à la maison, on a mis nos chaussettes sur le radiateur et j'ai oublié un moment qu'il me manquait. Le dimanche Ajla a glissé au milieu de la rue, elle est tombée dans la grande flaque. Je l'ai prise dans mes bras, je l'ai ramenée à la maison comme un paquet tout mouillé. Elle s'est douchée et mise en pyjama en plein midi. Et puis elle m'a dit, « on n'en mourra pas.

— De quoi ?

— Que tu sois un peu heureuse, maman, on n'en mourra pas. » Elle avait tort bien sûr, tout est risqué pour nous. Mais elle l'avait dit, voilà.

Le lendemain il a frappé à ma porte et j'ai ouvert, il avait cette odeur de tabac. On s'est regardés. Il est venu très lentement poser son visage dans mon cou. Je n'ai pas bougé, pas parlé. On est pareils toi et moi, d'où on vient, ce qu'on a bravé déjà. On est pareils, et puis quoi ? Peut-être qu'il faut qu'on reste seuls, que c'est ça qui nous tient. Toi avec tes cigarettes, moi avec Ajla. Ne pas demander plus de joie. C'est ça ? Je me suis dégagée de lui lentement, j'ai pris son visage dans mes mains. Tant pis. Je veux que tu restes là. J'ai posé mes lèvres sur les siennes, yeux fermés. Puis je l'ai fait entrer.

Mars

Anouk marche lentement en mars, deux heures chaque après-midi dans la cour de l'hôpital, tant qu'elle peut. Elle a une canne noire. Elle essaie les escaliers aussi, elle doit y arriver, que les médecins la laissent rentrer chez elle. Elle ne pense qu'à ça, rentrer. Avec son bras mort son boulot est perdu, elle n'opérera plus personne. Ça a été tellement d'effort pour y arriver, c'est dingue que ce soit fini. Elle était si précise. Souvent elle ment aux gens sur son accident, elle leur dit qu'elle est passée sous un camion, ou qu'elle a vu un cerf juste avant, un très grand cerf. Ça l'occupe, lui file des frissons. Elle donne aussi des surnoms aux infirmiers. Elle s'en est trouvé un, *Poussin*, elle dit qu'elle marche comme eux. « Poussin va rentrer au chaud. » Et puis son rire a changé. Il est plus grand, plus sonore, il m'étonne. Dans le train pour aller la voir, Coco me reparle de ce moment, après sa sœur, où les gens se confiaient à elle dans les bars. Elle a trente ans alors. Un soir à Toulon un homme vient s'asseoir à sa table, il est brun, plutôt beau, il a une boucle d'oreille. C'était rare qu'un homme en ait. Il la regarde et ce n'est pas comme avec les autres, c'est à elle de parler. Alors elle raconte tout, sa mère, ses affaires, sa sœur, sans trembler parce qu'elle essaie d'être précise, qu'elle l'est. Quand elle a terminé elle l'emmène dans sa chambre où ils passent la nuit. Au matin il est parti, elle se lève et regarde la ville, les façades blanches, la mer. Tout est à sa place. Elle aime être enceinte après, ne plus être une pierre, la douceur l'éblouit. Quand je nais je m'accroche à elle comme un petit singe et on va de ville en ville jusqu'en Belgique. Des mois plus tard à Ostende l'homme revient s'asseoir devant elle, ils ne parlent pas cette fois. Elle est heureuse, lui aussi, elle le fait monter dans sa chambre. Au matin de nouveau il est parti. Peut-être qu'il reviendra une troisième fois, elle aimerait ça. Elle vieille et lui vieux, pourquoi pas. On descend du train et on retrouve Anouk, on rate notre première virée hors de l'hôpital. Anouk a son jean noir, sa canne, on marche jusqu'à la brasserie en face de Lariboisière. Dès qu'on y entre on voit qu'on s'est trompés, qu'il y a trop de gens, trop de bruit, qu'il fait trop chaud. On prend une table au fond où Anouk nous écoute mal, parle trop vite, elle surveille les gens autour. C'est trop pour une première fois, tant de personnes, le bruit, on mange et on paie vite fait. On rentre et elle sort de son blouson une tasse de la brasserie qu'elle a piquée. Elle a ce grand rire alors auquel je dois m'habituer.

Le dix, Dettinger est condamné à un an ferme, sa peine est aménagée. Il sera libre la journée. Ses amis viennent le voir chez lui, lui disent que ça passera vite. Il a cette mauvaise fièvre de la prison encore, même dehors, il s'accroche aux gestes qu'il connaît. Le matin après s'être rasé il sort de cellule avec un surveillant, ils franchissent chacune des portes, il met sa veste. L'air frais de la rue lui fait du bien, il monte dans son bus les mains dans les poches, il arrive à l'usine, dit bonjour aux collègues. Le soir il récupère les enfants à l'école, il essaie d'être joyeux, il leur prépare à manger. Il est fatigué. Pourvu que les gosses ne se disputent pas, qu'il n'ait pas à élever la voix. Il embrasse sa femme quand elle rentre, ils fument une cigarette. Il cherche des choses à lui dire, même petites, que ça tienne. Et puis il retourne à la maison d'arrêt, il refait le chemin à l'envers, les portes, la cellule. Il regarde la télé puis il s'allonge sur son lit, il a tenu encore une journée. Il ne dort pas vraiment, il attend. Ça va passer vite, ça va passer. La fièvre va tomber. Il sait qu'on est encore dans les rues chaque samedi, que les poubelles y brûlent, je les regarde fondre sur le macadam. On est moins nombreux dans les cortèges, on a perdu l'intensité des débuts, le danger. Ils ne tirent plus sur nous, ils n'ont plus peur mais pourtant on ne rentre pas chez soi, c'est trop petit chez soi. Maintenant qu'il fait plus chaud je vois le corps des gens, les corps qui ont marché des mois dans leurs manteaux, sous le crachin, je vois leur peau. Les bras des filles, les nuques des garçons. C'est simple d'être avec eux, je peux parler, ne pas parler, juste saluer, c'est facile. Je ne veux pas arrêter.

Je dors chaque nuit dans la chambre bleue, j'y laisse traîner mes habits. J'y entends la nuit se bagarrer les chats, juste au-dessus sur les toits, je fume à la fenêtre de la cour intérieure. J'écris là chaque matin, debout, j'ai toujours peur de ne pas y arriver. Parfois je sors mes histoires du tiroir du bureau pour voir les pages que ça fait. Je mets le gilet noir que Fanny a laissé, c'est un peu con. Tant pis. Il fait jour maintenant quand je pars bosser sur mon vélo, une lumière blanche. Je regarde les gens qui attendent leur tram, leur bus, on est les premiers, ceux du petit matin. Les cerisiers de l'école sont en fleurs quand Thomas revient, écrire lui a manqué. On entre en classe et il prend son cahier, son stylo. Il a un nouveau tee-shirt, *Don't worry be happy*, je lui demande s'il sait ce que ça veut dire. Il ne sait pas, il s'en fout. Il s'en fout ce matin de ce qui est écrit au tableau, sur les murs, partout. Il veut juste recopier ses mots, bien les faire. Être normal. Quand les autres lui demandent pourquoi il n'était pas là, il leur dit qu'il n'avait plus envie de rien, ni de se lever, ni de boire, ni de manger. Mais il a faim maintenant et il a grandi, rattrapé Kamélia. Ils se mettent dos à dos dans la cour, ils sont pareils. Je leur raconte Orphée, comme il retrouve Eurydice, comme il se retourne et perd tout, et Thomas m'écoute même s'il regarde ses doigts. J'ai vu sa mère un soir, elle sortait d'un bar avec un mec plus âgé, elle riait. J'ai regardé son visage et n'ai trouvé aucune faille, comme les autres fois. Je n'ai vu qu'une fille jolie qui marchait. Elle m'a aperçu et m'a fait signe de la main.

Le seize, Nino arrive par le train de l'après-midi, c'est la première fois qu'il vient tout seul. Je l'attends sur le quai, ça va p'pa ? J'ai moins peur de lui, de trop en faire, pas assez. Dans son carnet il a écrit qu'il voudrait vivre dans la forêt alors je veux qu'il m'emmène, je veux voir. On mange des crêpes en ville, puis on va à Décathlon acheter ce qu'il me faut pour notre virée. Je prends une tente premier prix, un sac de couchage, un tapis de sol, je vais payer. Il n'y a pas de vraie caissière ici, que des filles habillées en bleu qui te montrent comment te servir des caisses automatiques. Elles ne sourient pas, elles s'ennuient à mourir. Peut-être qu'elles meurent vraiment, c'est notre théorie, qu'il y a des bus toutes les heures qui en ramènent de nouvelles. Ça fait beaucoup de bus. On part dans la forêt nos affaires sur le dos, j'ai mes vieilles chaussures de foot. Je les mets tout le temps depuis que mes noires se sont fendues. Nino me dit que Fanny perd tout à nouveau. Dans leur maison des Cévennes au début chaque chose a eu sa place, ça a tenu un moment. Ça ne tient plus. La nuit elle sort marcher comme avant, quand on était tous les trois. Nino se relève de son lit, il va à la fenêtre la regarder s'éloigner.

Le lendemain on est dans la forêt toute la journée, il me montre le soir comment faire un feu. Il pose une branche, je mets des brindilles par-dessus, j'allume. Il me montre comment souffler pour que ça tienne. J'essaie vraiment mais je m'en sors pas terrible, il doit m'aider. Je serais moins empoté si enfant j'avais été dans les bois, comme lui, je lui dis. Coco m'envoyait au centre aéré, je faisais des jeux foireux dans une cour en bitume, on ne savait pas qu'il y avait la forêt. Nino monte ensuite notre tente légèrement en pente, il me tombe dessus toute la nuit, son front contre le mien. Il dort bien. On se lève tard, quand on a trop chaud, on se lave dans le ruisseau torse nu. Il est plus costaud que moi, on rigole. On marche sur un chemin en terre, on a le soleil à travers les branches, les oiseaux. Je comprends qu'il aime cet endroit. Et puis je le remets au train avant midi, salut fiston. J'attends déjà le poison.

Quand les médecins laissent Anouk quitter l'hôpital, elle prend un taxi et rentre chez elle. Elle va dans sa chambre, enlève ses chaussures et son jean, elle se glisse dans son lit. C'est la fin de l'après-midi, il fait encore jour, la fenêtre entrouverte, elle a gagné. Elle a travaillé sa marche dans les couloirs, les escaliers, les cours, elle y est arrivée. Elle est chez elle. Elle lance sa playlist et laisse les chansons défiler. C'est bon comme elle l'avait pensé, ça dure trois chansons. Et puis c'est vide d'un coup, quoi faire maintenant ? Alors elle veut une fille tout près, elle veut essayer l'amour avec son corps à moitié, les gestes. Savoir comment elle sera tenue, comment elle va serrer. Elle se rhabille et descend au bar en bas de chez elle. Elle ne rencontre pas de fille le premier soir, elle donne des surnoms aux serveurs, aux habitués. Elle revient les jours suivants jusqu'à trouver cette fille brune, pas vraiment jolie mais classe, blouson en cuir, jupe noire, des bas. Ce n'est pas une gentille, parfait. Anouk vient lui parler et une fois le désir allumé elle se lève, elles sortent du bar pour monter chez elle, elle regarde si le désir tient. Si cette fille la veut encore après l'avoir vue marcher, après avoir soutenu son bras mort pour enlever son tee-shirt, une fois compris ce qui se passait. Et le désir tient, la fille mord sa peau, elle n'est pas polie. Elles fument au lit après, Anouk met *Don't smoke in bed,* Nina Simone. Elle monte le volume et la fille lui dit, doucement mon petit, elle s'endort. Anouk lui en veut alors de la laisser seule, elle approche sa cigarette de la main de cette fille, ne va pas jusqu'au bout. Elle dort mal et au matin elles s'engueulent. Terminé.

Elle va à Nevers en train après, récupérer Sherif. Elle a tellement peur avant de le voir, de s'être trompée. De l'avoir tant attendu et que ce ne soit qu'un chat. Mais il est très beau déjà, il a cinq mois, il est comme un tigre noir et blanc. Elle le ramène dans un panier, elle lui parle tout le trajet. À la maison elle le regarde faire ses griffes sur le canapé, s'endormir dans la corbeille au pied de son lit. Il vient se coller dans son cou au petit matin. Il la suit, lèche son bras mort, ce n'est pas qu'un chat. Il veille sur elle. Quand il déboule dans le salon elle me le présente, salut mon vieux. Il bondit sur la lampe au plafond et nous regarde de là-haut. Anouk détaille ses qualités athlétiques, elle en fait trop. Elle me montre les livres qu'elle a achetés aussi, elle ne les lit pas encore, ils sont en piles par terre. Elle a ses parfums à côté, elle a besoin d'objets. Je lui dis qu'elle m'a épaté, comme elle nous a laissés l'aider depuis l'accident, que ça a été simple pour nous. « C'est toi qui m'as appris ça, nigaud.

— Hein ?

— À Saint-Louis. Tu as dit les choses sans te cacher, tu m'as tuée.

— J'avais peur que tu croies que je t'appelais juste pour le fric que je devais t'emprunter.

— T'es con. Là-bas tu m'as parlé de la plaine. De quand il faut retourner à la vraie vie après être tombé, à la vie de tous les jours, que c'est là que ça se complique. Ben nous y voilà. Tu t'en sors, toi, avec l'anxiété, ton cœur qui bat. Je vais m'en sortir aussi, pas vrai ? Viens, on sort. » On fait gaffe en refermant la porte que Sherif ne s'en aille pas, on descend les escaliers. On passe devant l'hôtel de ville et j'oublie qu'elle ne peut pas marcher vite, je ralentis. C'est l'après-midi, il y a plein de gens, il fait bon. Elle enlève sa veste et me la donne à porter, s'il te plaît. Elle se retourne sur une fille rousse qu'on vient de croiser. On arrive sur les quais de Seine où les danseurs de tango sont revenus, une vingtaine, on les regarde un moment. Des enfants courent juste à côté, deux amoureux boivent du café assis au bord de l'eau. Ils ont les cheveux très courts tous les deux. Ils ont apporté leur thermos, leurs tasses, ils ont l'air de beaucoup s'aimer.

Merci à Estelle Colin, the only one.

Merci à Pascaline Mangin.

Merci à Sandra Lillo de veiller sur ce livre avec ses mots.

Merci à Joseph et Lison, pour la vie meilleure.

Achevé d'imprimer
en avril deux mille vingt-cinq
sur les presses de CORLET,
à Condé-en-Normandie, France,
pour le compte des Éditions Zoé
Composition CW Design, Belgique
N° d'imprimeur : 24090051
dépôt légal : août deux mille vingt-cinq

IMPRIM'VERT®